Character
Isekai Yurutto Sabaibaru Seikatsu
新見 花梨
にいみ かりん
二子玉 亜里砂
にこたま ありさ

小野（おの）詩織（しおり）
篠宮（しのみや）火影（ほかげ）
朝倉（あさくら）陽奈子（ひなこ）
結城（ゆうき）愛菜（まな）

Presented by Ayano

Illustration by Inui Kazune([illegible])

Contents

Isekai Yurutto Sabaibaru Seikatsu

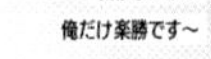

異世界ゆるっとサバイバル生活5

～学校の皆と異世界の無人島に転移したけど俺だけ楽勝です～

絢乃

【蝗害】

蝗害（こうがい）の蝗という字はイナゴと読むことができる。

しかし、実際の蝗害でイナゴが襲ってくることはない。蝗害の蝗は蝗（いなご）ではなく飛蝗（ばった）を指しているのだ。飛蝗による災害という意味で蝗害である。

田畑を作る時、蝗害のことは全く考えていなかった。軽視していたとも言える。

甘く見ていた理由は二つあって、一つは日本人にとって馴染みがないからだ。

日本の農業では大規模な蝗害に見舞われることが殆どない。これは近代に限った話ではなく過去に遡ってもそうだ。文献を漁っても、蝗害で大打撃を受けた、なんて記述はそうそう見かけない。

一方、近隣の中国なんかは、しばしば蝗害に悩まされている。もし俺が中国で生まれ育った人間だったら、もう少し蝗害のことを意識していたかもしれない。

そして蝗害を軽視したもう一つの理由――それは、この島が快適過ぎるからだ。

この世界に転移した日から今日に至るまで、害虫に悩まされたことがなかった。

そう、ただの一度もなかったのだ。

この島には蚊がおらず、見かける虫のほぼ全てが益虫である。今回の飛蝗を除いた場合、害虫と呼べるような虫といえば、蜂の巣にいたスムシくらいなもの。あれですら害虫と呼ぶ程の存在ではない。

だから、いつの間にか誤解し、慢心していた。

この世界には俺らに仇なす害虫などいない、と。

ただ、仮に慢心していなかったとして、しっかり意識できていたとして、目の前で暴れ狂う大量のトノサマバッタに対する予防策があるのかと言えば――ない。

蝗害に対して俺達ができることは、ただただ発生しないよう祈るだけだ。地震や台風などの天災と同じである。

そんな天災と同レベルの災害が、今、俺達を襲っていた。

「どうするの!?　あたしらの作物が食い尽くされちゃうよ！」

愛菜が叫ぶ。目には涙が浮かんでいた。

「ウキイイイイイ！　キイイイイイイイイ！」

猿軍団は今も懸命に戦っている。群がるトノサマバッタに怒声を上げ、作物を守ろうと必死だ。

しかし形勢は悪い。数の差が圧倒的で、実質的には無抵抗でいるのと変わりなかった。

「おい、火影！　このまま眺めているだけなのか!?」

亜里砂が服を引っ張る。

「火影君……！」

絵里は両手で口を押さえながら俺を見る。

俺は深呼吸して頭を落ち着かせ、脳みそをフル稼働させて対応策を考えた。

サバイバル生活において大事なのは冷静でいること。慌てなければ打つ手は見つかるはずだ。

「……決めたぞ」

時間にして僅か数秒。

その数秒の間に、俺は答えを出した。

「このまま黙ってやられるつもりはない」

皆の視点がこちらに集まっている中、俺はさらに続ける。

「通用するかは分からないが〈農薬〉を作るぞ！」

「「農薬!?」」

誰もが驚いた。

「そんな科学的な物が作れるでござるか!?」

「現代の農薬に比べたら効果は期待できないけどな」

「作物に悪影響は？」と芽衣子。

「それは大丈夫だ。どれだけ撒こうが問題ない」

「撒き放題の農薬なんてあるの!?」

「詳しいことはアジトで話す。今は時間が惜しい。皆で農薬を作って作物を救うぞ！」

俺達はアジトに向かって走った。

◇

即席農薬の作り方は簡単だ。

貝殻を砕いたいつもの粉に水を混ぜる。

それで完成だ。

「えっ、これが農薬になるの？」

目をパチクリさせる詩織。

「肥料にもなるし農薬にもなる。といっても、農薬としての効果はあまり期待できない。この場を凌げれば御の字といったところだ。厳しいとは思うが何もしないよりはマシだろう」

手分けして農薬を作っていく。

粉の備蓄が怒濤の勢いで減った。蓄える時は苦労するのに、消費する時は一瞬だ。

「まーた貝殻集めをせないかんなぁ！」と亜里砂。

「その通りだけど、亜里砂はいつも貝殻にノータッチだろ」

「なっはっは！　私はお魚担当だからねぇ！」

「水車だけでは供給が追いつかないだろうし、久々に拙者も貝殻を砕く作業に駆り出されそうでござるなぁ！」

田中はなんだか嬉しそうだ。

「これで完成だな。バッタを追い払いに行くぞ！　高橋、頼んだ！」

「任せるでマッスル！」

即席農薬の入った二つの土器バケツをマッスル高橋が持つ。

俺達はそれぞれ農薬を撒くための道具を手に取った。理想の道具は柄杓だが、都合良くそんな物があるわけないので、それぞれ適当な物を選んだ。

「行くぞ！」

アジトを飛び出して田畑に向かう。

バタバタバタァ！

バタバタバタァ！

バタバタバタァ！

近づくとバッタ共の不快な羽音が鼓膜を犯してきた。うるさいだけでなく、こちらに襲ってきそうな雰囲気が漂っている。虫が苦手な女性陣の多くは腰が引けていた。

俺は「大丈夫だ！」と声を上げて皆を奮い立たせる。

「こいつらは襲ってきても怖くない！　農薬を撒いて追い払うぞ！」

「「「おう！」」」

マッスル高橋が土器バケツを地面に置き、農薬の散布が始まった。

お玉や漆器の茶碗など、あらゆる容器で農薬をすくってはばら撒いていく。

「リータ達も手伝って！」

「「ウキキィ！」」

農薬の散布と同時に田畑から離れた猿軍団も加勢する。小さな両手に農薬を溜めて、全方位からバッタにぶっかけていく。

バタバタバタァ！

バタバタバタァ！

バタバタバタァ！

バッタは俄然として猛威を振るっている。

それでも、農薬の効果はたしかにあった。

今は田畑を荒らすというより跳ねているだけだ。農薬にまみれた作物は食べる気がしないのか、それともただ混乱しているのか。正確なところは分からないが、とにかく効いている。確かな効果を前に俺達の士気は高まった。

「失せろ！　クソ虫共！　失せやがれ！」

「あたし達の畑から出ていけー！」

「ウキィ！」

かつて海外諸国を苦しめてきた自然の脅威〈蝗害〉。

それに対して、俺達は必死に抗った。

抗って、抗って、そして――。

「火影、バッタ共が逃げていく！」

愛菜が去りゆくバッタの群れを指す。

俺は「ああ」と頷き、両手を上げた。

「やったぞ、俺達の勝利だ！」

「「「うおおおおおおおおおおお！」」」

激戦の末に、俺達はバッタから田畑を守り切った。

作物を食い荒らそうとする害虫を追い払うことに成功したのだ！

「二度と来るんじゃねぇ！」

遠のいていくバッタの群れに向かって亜里砂が叫んだ。

◇

どうにか蝗害を乗り切ることができた。

だからといって、「お疲れ様でしたぁ」と休むわけにはいかない。

まずは田畑の状態を確認する。

「よし、これなら問題ない」

被害状況は思っていたよりも軽微だ。多少は荒らされているけれど、農作業に影響を及ぼす程ではなかった。

水田で暮らしている合鴨達の様子も変わりない。むしろ大喜びでバッタを食べていた。おかげで水田にはバッタの死骸が一匹すら浮かんでいない。

　これなら農業を継続することが可能だ。

「愛菜は猿を率いて貝殻の採取を頼む。影山と吉岡田、それに田中も協力してくれ」

「「「了解！」」」

　早くも次の蝗害に備えて動き出す。

　最優先すべきは農薬の原料となる貝殻の確保。今回の戦いで粉を使い切ったので補充する。

「あとはバッタを住処を探すだけだな」

　トノサマバッタの群れは消えたが、どこかに奴等の生息地があるはずだ。それを見つけて根絶やしにしなければ、第二・第三の蝗害が起きかねない。

　天音や手芸班、それに花梨と協力して、周辺を探すことにした。

　だが、しかし――。

「ねぇな……」

「こっちも見つからない」

　花梨が首を振る。

　どれだけ探してもバッタの形跡を見つけることができなかった。土を掘り返しても卵はなく、そこらに幼虫が這っていることもない。

　少しずつ調査範囲を広げていくが、結局、最後まで見つからなかった。

「これ以上は時間の無駄だな、終わろう」

「何でどこにもいないんだろう？」

花梨が尋ねてくる。

俺はしばらく考えてから答えた。

「たぶん、海の向こうから飛来してきたのだろう」

「海の向こうから？」

「その可能性が高いと思う。これだけ探して何の手がかりも見つからないわけだし、この島には生息していないと考えるべきだ。そもそも、この島にいるならもっと前に発見していたはずなんだよ」

トノサマバッタが海を渡れるのかは分からない。だが少なくともこの島で繁殖していないことは間違いない。そうなると必然的に、海の向こうから来たということになる。推測の域を出ない結論ではあるけれど、他の可能性は考えられなかった。

「じゃあ、どうにもならないのかな？　対策とか」

「そうだな。海の向こうから飛んでくるものは防ぎようがない」

流石に手の届かない場所で育っている害虫を駆除する術はない。

俺達にできるのは祈ることだけだ。どうか我々の田畑を襲わないでくださいクソ共、と心の底から祈るだけ。

「火影でも手立てがないことってあるんだね」

「全知全能の神ってわけじゃないからな」

「なんだか歯痒いよ」

「同感だが仕方ないさ。今回は被害を最小限に抑えられたし、それでよしとしよう」

「そうだね」

今回の一件によって、俺達は否応なく気を引き締めることになった。

【シカ狩り】

蝗害から一週間――。

拍子抜けする程の平和が訪れていた。あれ以降、バッタの姿は一度も見ていない。完全にこの島を離れたようだ。

蝗害によって俺達は外敵の存在を思い出した。害虫・害獣といった相容れない者の存在を。バッタだけではない。極めて快適なこの島でさえ、外敵になり得る生き物はいる。今のような平和な日々が今後も続くとは言い切れなかった。

農作業をしていく以上、外敵との戦いは避けて通れない。

そこで、そういった脅威を可能な限り排除することにした。

バッタ共が姿を消した今、新たに考えられる脅威は――シカだ。

奈良県では神聖な扱いのシカだが、全国的には害獣として名を馳せている。特に農家の間だと、畑の作物を食い荒らす存在として有名だ。

この世界のシカは縄張りを持っていない。勝手気ままに島中を動き回り、その日暮らしの生活をしている。

　といっても、昨日は南端で過ごしていたのに今日は北端にいる、みたいな極端な動きはしない。じわじわと活動範囲を変えている。

　そして今、シカは我がアジトの近くで活動していた。その数は数十頭。決して侮れる数ではない。

　田畑の存在は既にバレている。マッスル高橋や愛菜など、田畑に近いところで作業をしているメンバーからシカの目撃報告がしばしば上がっていた。

　シカは可愛いけれど、残念ながら害獣だ。俺達の田畑を荒らすのは時間の問題だろう。むしろ今まで無事だったのが奇跡なくらいだ。

　だから、俺達の為に駆除しなければならない。先制攻撃だ。

　アジト傍の砂浜でシカ狩り隊のメンバーに声をかける。

「今日からシカ狩りを開始する。皆、準備はできているか？」

　具体的には絵里と天音、ソフィアと芽衣子、それにマッスル高橋――以外だ。絵里は料理を、天音は偵察を、ソフィアと芽衣子は手芸をしている。マッスル高橋は伐採担当だ。

「腕が鳴るでござるなぁ！」

「し、篠宮さんのお役に立てるよう頑張ります！　ですっ！」

　田中や陽奈子など、シカ狩り隊員が右手に持っている武器を掲げた。

　その武器とは、クロスボウ。装填した矢を放つ、言うなれば太古の銃だ。

俺達のクロスボウは木材とゴムを加工して作った簡素な物。性能は決して高くない。それでもシカの皮膚を貫く程度の威力はある。

「各自、展開してシカを狩ろう！　間違っても仲間に当てるなよ！」

「「「おう！」」」

十一月一日、金曜日。

俺達は害獣駆除へ乗り出した。

◇

田畑を守る為——それが俺達のシカを狩る理由だ。

この場合、わざわざ矢を使う必要はない。罠を仕掛けておけば済むからだ。罠に掛かった仲間を見れば、他のシカは警戒して離れていく。

では何故、矢を使うのか？

理由はいくつかあるけれど、一番は「狩猟に慣れてもらいたい」ということ。

俺達の中で躊躇なく動物を殺せるのは俺と天音のみ。他のメンバーは罠に掛かった動物を仕留めたり解体したりしたことはあっても、動き回る動物を狩ったことは一度もない。

だから今回のシカ狩りを通じて狩猟の経験を積んでもらう。今後、狩猟をせざるを得ない状況に陥っても大丈夫なように。

また、質の観点からも矢のほうが優れていた。

罠の場合、掛かってもすぐに締めることができず、往々にして数時間は放置することになる。その間、当然ながら獲物(シカ)は逃げようともがく。これによってストレスが溜まり、解体した際に得られる食肉の質が低下する。それで済めばまだマシだ。

運が悪ければ罠に掛かった状態で死ぬこともある。これは最悪だ。死後しばらくすると腐敗が進む為、解体したところで食肉を得ることはできない。革を剥(は)ぐのも一苦労だ。

「もうすぐ獲物が来るぞ！」

俺達は海からほど近い茂みに伏せていた。

シカ狩りは猿軍団の協力の下、二つのチームに分けて行う。

チームリーダーは俺と花梨。

俺のチームは愛菜、陽奈子、吉岡田がメンバーだ。

花梨の方は、亜里砂、詩織、田中、影山の構成。

「ウキィ！」

森の奥から猿の声が聞こえる。

「来るぞ！　クロスボウを構えろ！」

適当な間隔を開けて武器を構える両チーム。

ほどなくして森の奥から大量のシカが走ってきた。

牛追いの時と同じ要領で猿軍団が導いたのだ。

「まだ撃つなよ！　引き付けろ！」

大きく息を吐いて狙いを定める。

迫り来るシカの群れが次第に大きくなっていく。

シカ達は猿軍団から逃げるのに必死で気づいていない。

(そろそろだな)

俺はわざと音を立てて茂みから出る。

「「「――――！」」」

シカは驚き、慌てて進路を変えようとする。

それによって体が横に向き、被弾面積が増えた。

「今だ！　撃てぇ！」

一斉に矢を放つ。

至近距離からの射撃だったので外れない。

木と石で作った簡素な矢がシカに突き刺さる。

だが、致命傷には至っていない。倒れているシカは一頭だけだ。

残りは悲鳴を上げながら逃げていく。

「手負いの奴を仕留めるぞ！　次の矢を装填しろ！」

全員が腰に付けた矢筒から矢を取り出す。

矢筒には三本の矢が入っているが、使い切る予定はない。

「慌てなくていい。慎重に行くぞ。間違っても仲間に当てるんじゃないぞ！」

「「「おおー！」」」

チームごとに分かれてシカを逐う。

最初の一発を的確に命中させたので、この後は楽なものだ。手負いのシカは動きが鈍くなるし、血痕を辿れば見失うこともない。

「ありましたよ、血痕！　あっちです！　篠宮さん！」

我がチームでは陽奈子が先頭を走っている。

その隣には吉岡田の姿も。

「ひ、陽奈子さん！　僕がシカを倒してみせます！　どうぞ！」

「あ、はい、頑張りましょう」

率先してシカを探す二人に対し、愛菜はなんだか気乗りしない様子。

「どうした？　体調が悪いのか？」

愛菜に話しかけた。

「そういうわけじゃないけど、動物を殺すのに抵抗があるんだよね」

「分からなくもない。愛菜は動物が好きだし、動物からも好かれている。でも――」

「仕方ないんでしょ？」

「そうだ」

「分かってはいるんだけどね」

俺は「ふっ」と笑った。

「いいと思うぜ」

「いいって？」

「気乗りしないことさ。俺だって好き好んで動物を殺すわけじゃない。特にシカは可愛い見た目をしているしな。殺すのは気が引ける。だから抵抗があっていいと思う。そうは言っても仕留められないようじゃ困るけどな」

「だよね」

「倒せるけど倒さないってのと、倒せないから倒さないってのでは大きく違う。気乗りしなくても仕留められるようにはなっておいてくれ」

「分かった」

遠くから猿軍団の吠える声が聞こえてきた。シカの逃げる方向を変える為のものだ。アジトから離れすぎないよう調整してもらっている。

それからしばらくして、

「見つけました！」

陽奈子が最初の獲物を発見した。

大柄のシカで、首と足に矢が刺さっている。逃げる気力が残っていないようで、木にもたれるようにして横たわっていた。

「どうしますか？　篠宮さん」

俺は彼女の構えているクロスボウに手を当て、そっと下ろさせた。

「観念しているようだから矢は必要ない」

サバイバルナイフを陽奈子に渡す。

「これで楽にしてやれ」

「分かりました！」

陽奈子は元気よくナイフを受け取る。

しかし、彼女の威勢が良かったのはそこまでだった。

「さぁ、仕留めろ、頸動脈にナイフを刺すんだ」

俺はシカを保定し、刺すべきポイントを陽奈子に向けた。

「ぁ……うぅ……」

陽奈子はナイフを持ったまま足を震わせている。

この期に及んでも凛々しさを失っていないシカの瞳が、彼女を怖じ気づかせていた。

「大丈夫だ。コイツはもう抵抗できない。早く楽にしてやれ」

「分かっては……いるのですが……」

いよいよ陽奈子の手が震え出す。

その反応は決して異常ではない。むしろ正常だ。これまでに一度もトドメを刺した経験がないのだから。

最初は大半が彼女のようになる。どれだけ脳で理解していても関係ない。

「厳しいなら俺が代わりにやるが、どうする？」

「だ、大丈夫です」

陽奈子はごくりと唾を飲み込み、勇気を振り絞って近づいてきた。

「いきます」

そう言って深呼吸し、シカの首にナイフを突き刺す。

彼女の一撃は的確に頸動脈を捉え、シカの命を刈り取った。

シカの目に宿っていた生命の炎が静かに消える。

「よくやったな」

震える陽奈子の頭を撫でた。

「動物にナイフを刺すのが、こんなに怖いことなんて、私、知りませんでした。このシカ、ずっと私の目を見ていました。力のこもった強い瞳で。ナイフを刺した時の感触が、まだ手に残っていて、今でも、震えが……」

「数をこなせば慣れるさ」

俺は陽奈子からナイフを受け取り、倒したシカの解体に取りかかる。

解体作業はチームリーダーの仕事だ。

だが、その前に――。

「おい、何をぼんやり眺めているんだ。残りのシカを狩ってこい！」

愛菜と吉岡田に言う。

「す、すみません！　どうぞ！」

大慌てで走り出す吉岡田。

「あたしも頑張らないとね」

愛菜は力強く頷き、吉岡田に続いた。

二人が消えてから、俺はシカにナイフを当てた。

解体方法はイノシシと大差ない。素早く血抜きを済ませ、内臓を摘出し、皮を剥いで、部位ごとに肉を分ける。

一段落したところで陽奈子を見た。

「かなりの上物だから今日は極上のシカ肉を堪能できるぞ」

「本当ですか!?」

「見分け方があってな、簡単に言うと痩せ細っている奴は駄目だ」

「ほぉほぉ」

「このシカは痩せているどころか太っている。それに毛の状態もいい」

「毛はどうやって見分けるのですか？」

「不健康なシカは激しく脱毛しているんだ」

「たしかにこの子はそういった様子がありませんね」

「そういうことだ。矢の当たり所も良かった」

矢を使った狩猟における最大の難点が命中箇所の良し悪しだ。

例えば膀胱や大腸を損傷させてしまった場合、そこから出た排泄物などが全体に広がり、質を大きく低下させることがある。

「こんなものだろう」

「お見事です！　火影さん！」

「自分で言うのもなんだが、今の俺はもはや解体のプロだな」

この島に来てから数え切れない程の解体作業をこなしてきた。捌くのは基本的にイノシシとウサギだが、そこで培った技術はシカにも通用する。

「こちらの解体もお願いします！　どうぞ！」

「火影ー、あたしもシカを仕留めたよ！」

吉岡田と愛菜が戻ってきた。

俺は「はいよ」と答え、二人のシカも解体する。

「お前達の命、決して無駄にはしないからな」

これも生きる為――そう割り切って作業に臨んだ。

【シカの用途と水筒】

数日掛けて、俺達は約二十頭のシカを狩った。

シカは活動場所を島の北側に移した。これで俺達の田畑を荒らす可能性は激減したと言っていいだろう。少なくとも向こう数年は安泰だ。

野生の動物は生存本能に長けている。ひとたび「此処は危険だ」と学べば、その後は易々と寄りつこうとしない。

また、解体したシカから得られた素材各種は、俺達に大きな恩恵をもたらすに違いなかった。

この島において、シカは最上級の獲物だ。

肉はイノシシより食べやすくて美味いし、毛皮は防寒着などを作るのに役立つ。骨だって捨てずに使わせてもらう。

シカの骨には様々な用途があって、例えば料理の場合、豚骨と同じ要領でスープに使うことが可能だ。シカの骨で作ったスープはクリーミーな味わいで胃に優しい。

俺達は釣り針としても利用する予定だ。縄文時代や弥生時代の人々がしていたことを真似させてもらう。

獲得した毛皮や骨や角が手芸班によってどのような形に変わるのか、今から楽しみだ。

◇

十一月三日、日曜日――。

夕食時、いつものように皆で焚き火を囲み、食事を楽しんでいた。

今日がシカ狩りの最終日ということもあり、今日の料理もシカ尽くしだ。

「シカがこんなに美味いならもっと前から狩っておくべきだったなぁ！」

亜里砂はシカの骨スープを飲み、「ぷはぁ！」とおっさんみたいな息を吐いた。

熱々のスープにはスライスしたシカ肉が入っていて、これがまた美味い。細かく刻まれた香草もいい感じだ。

「気持ちは分かるが暑い時期に熱々のスープを飲みたいか？」

俺は笑いながら尋ねた。

今は肌寒さのある十一月だからいいが、少し前まで残暑が続いていた。

「それもそうだなぁ」

亜里砂はペロリとスープを平らげ、空の椀（わん）を絵里に向ける。

「おかわり！　もっとちょうだい！」

絵里はさながら母親のような優しい笑みで「はいはい」と椀を受け取り、素晴らしい香りと湯気を放つスープを注いだ。

「サンキュー絵里！」

「他の人もおかわりするだろうから食べ過ぎないでね」

「分ぁーってるって！」

と言いつつ、あと数回はおかわりしそうな亜里砂。よほどスープがお気に召したようだ。

「シカの皮がたくさん手に入ったのは大きいね」

芽衣子が山菜のシカ肉巻きを口に含む。

この肉巻きは味付けに塩しか使っていない為、わりとサッパリしている。だから最初は若干の物足りなさを感じるのだが、それは大きな間違いだ。口の中でジュワァと広がる肉の甘い香りが間違いを気づかせてくれる。

芽衣子は「美味しい」と微笑んだ。

「シカの皮は防寒具にする予定か？」

俺はマアジのソテーを食べた。シカ肉に劣らぬ美味しさだ。

「それでもいいと思うけど、まだ色々と検討中かな」

「ウサギの毛皮で作ったコートもあるし防寒具はそれほど必要ないか」

「私もそう思う」

防寒具は既に十分な量を確保している。仮にこの島の冬が想定より寒かったとしても、直ちに全滅の危機に陥るような状況ではない。もちろん、いきなり氷点下四十度レベルの冷え込みを食らわされたら話は別だが。

「食料の備蓄も相変わらず問題ない。一時は使い切った貝殻の粉も補充し終えたし――――」

俺は顎に手を当てて考え、頭の中をまとめてから言った。

「本格的な冬が訪れる前に、一度、挑戦してみていいかもしれないな」

「何に挑戦するの？」と芽衣子。

「向こうの島へ渡ることをだよ」

「「「――――！」」」

皆が目に見えて驚いていた。

亜里砂に至っては飲んでいたスープを喉に詰まらせて咳き込んでいる。

「俺、そんなに驚くようなこと言ったか？」

てっきり皆も同じ考えだと思っていたので、皆の反応に対して俺は驚いた。

「そりゃびっくりするよ。早くても冬が過ぎてからの話だと思っていたもん」

花梨の言葉に、俺以外の全員が頷く。

「まぁ本気で渡りに行くのは春以降だろうな」

「どういうこと？」

「とりあえず現状でどこまで行けるか試してみてもいいと思うんだ。ほら、少し前に吉岡田が漁船の帆を改良しただろ？」

沿岸漁業でイワシを乱獲した後のことだ。吉岡田は帆の仕組みを勉強し直し、漁に同行した経験も活かして、帆の改良案となる設計図を用意した。

これによって、造船当時はハリボテだった帆がしっかり機能するようになった。今では帆船と呼んでも問題ない代物に仕上がっている。

「もちろん危険があることは承知しているよ」

この島は快適だが、同時に監獄でもある。

島やその近くにいる間は平穏なのに、離れようとすると荒れ狂うのだ。

風が強まり、波は荒れ、島から出ていくことを全力で拒んでくる。

過去に何度か試した限り、例外なくそうなってしまった。天候は関係ない。

だから、俺達は未だにこの島から動けずにいる。

「冬が本格化すれば水温が今よりも下がって危険度が増す。挑戦するなら十一月中になるだろう。具体的な日程は決まっていないが、そう遠くないことはたしかだ」

そこで間を取り、全員の顔を見た。

「皆はどう思う？　反対かな？」

「私は賛成だよ。いい試みだと思う」

間髪を入れずに言ったのは花梨だ。

だが、彼女の発言には続きがあった。

「メンバーはどうするの？　あの漁船じゃ全員は乗れないでしょ？」

そう、漁船に乗れるのはせいぜい四・五人だ。船の安定性を考慮すると五人は乗せたくない。実質的に三・四人が上限と考えていいだろう。

「もちろんメンバーは最低限に絞る。俺と吉岡田、それに高橋だけの予定だ。俺はリーダーだから必須だし、高橋はオールによる推進力を最大限に出せるからな。で、吉岡田には今後に備えて経験を積んでもらう」

吉岡田が「ひぃ」と顔を青くした。

「メンバーも既に決まっているなら問題ないと思う」と花梨。

「他はどうだ？　賛成か？」

「拙者は賛成でござる！」

「私も賛成ですわ」

「僕も賛成でやんす！」

「あたしもー」

続々と賛成票が集まる。

「私も……いい考えとは思うのですが……」

陽奈子だけは微妙な反応だ。

「いい考えとは思うけど、なんだ？」

「えっと、その……火影さん、じゃない、篠宮さんに、何かあったら……」

「要するに篠宮君のことが心配なわけね」

芽衣子がクスクスと笑った。

陽奈子は真っ赤な顔でコクリと頷く。

「心配してくれてありがとうな」

俺は笑みを浮かべ、陽奈子の頭を撫でる。

「たしかに無事を保証することはできない。かなり危険だ。でも死ぬ気はないよ。限界を見極めるだけの目は持っていると自負している。安心してくれ」

「は、はい！　絶対、絶対に、無理しないで下さいね！　篠宮さん！」

「なぁ陽奈子ぉ、吉岡田と高橋のことも心配してやれよー」

「え、あ、ふぇぇぇ、ごめんなさい……！」

亜里砂に茶化されて、陽奈子は尚更に顔を赤くして黙ってしまった。

そんな様子を吉岡田以外のメンバーは笑い、吉岡田は歯ぎしりの音色を奏でながら俺を睨んでくる。

「じゃ、満場一致の賛成ってことで」

こうして、十一月中に渡航挑戦を行うことが決定した。

◇

翌日――。

美味しい朝食を堪能し、午前の活動を始めようとした時。

手芸班から発表があった。

「これ作ってみたんだけど、どうかな？」

芽衣子が披露したのは竹の水筒だ。携帯しやすいよう紐を通す穴があり、注ぎ口にはしっかり栓がしてある。さらにコップとしての用途も兼ねた蓋まで。

現代でも売られていそうなクオリティで、俺達は歓声を上げげた。

この水筒、作り方自体は簡単なほうだ。特別な機構がない為、見たままの通りに竹を加工すればいい。

しかし、実際に作るとなれば大変だ。竹の加工には結構な力がいる上に、滑らないよう慎重に作業する必要もある。

にもかかわらず、手芸班は完璧なクオリティで仕上げてきた。本当に凄いことだ。

「流石だな、芽衣子」

「閃いたのはソフィアだけどね」

「作業を主導したのは芽衣子さんですわ」

手芸班は朝倉姉妹とソフィアの三人で構成されている。

詳しいことは任せきりなので分からないが、三人でアイデアを出し合い、芽衣子が試作品を作り、残り二人が量産するといった流れで作業を進めているようだ。最近はソフィアの発案で動くことが多い、と前に芽衣子が言っていた。

「水筒の存在は大きいな」

今まではヒョウタンを水筒として使ってきた。浄水機能付きボトルは緊急時に備えてなるべく使わないようにしている。

ヒョウタンは機能面だけ見ると竹の水筒と大差ないが、衛生面の理由からこまめに新調する必要があった。これが面倒臭くて、お世辞にも勝手がいいとは言えなかった。

その点、竹なら長期間の使用が可能なので便利だ。

「これでヒョウタンを新調する手間が省けますわ」

ソフィアは笑みを浮かべ、「どうぞ」と天音に水筒を渡す。

「ありがとうございます、お嬢様！　家宝にさせていただきます！」

天音はソフィアの前で跪き、頭を下げ、両手を伸ばして水筒を受け取った。

その姿は王様から宝剣か何かを授与された騎士のようだ。とても竹の水筒をプレゼントされたようには見えない。大袈裟だなぁ、と俺達は笑った。

「実は水筒以外にも〈とっておき〉があるんだけど、それは夜のお楽しみってことで」

芽衣子がウインクし、陽奈子とソフィアが誇らしげに頷いた。

どうやら〈とっておき〉とやらに相当な自信を持っているようだ。

「今から楽しみだな」

手芸班から水筒を受け取り、俺達は午前の活動を開始した。

【本ワサビ】

絵里と二人で川に来ていた。

亜里砂が釣りで使っている川だ。なので水車は見当たらない。

「ここだ」

川エビ用の仕掛けよりも更に下流へ進んだ所で足を止める。

浅瀬に花が咲いていた。綺麗な白い花びらが特徴的だ。

「この花が調味料になるの？」

花を指して首を傾げる絵里。

俺は笑顔で頷いた。

彼女をこの場所に連れてきたのは、新たな食材を教える為。

その食材とは、日本でお馴染みの——。

「この花、一見すると只の花にしか見えないが、抜いてみると……」

スポッ。

適当に抜いて、根っこの部分をあらわにする。

絵里から「おお！」と感動の声が上がった。

「ワサビだぁ！」

「その通り！」

花の正体はワサビだ。寿司などに付けるあのワサビ。

「しかも、なんとこいつは〈本ワサビ〉だぞ！」

ドヤ顔の俺。

「へぇ、本ワサビなんだぁ！　すごーい！」

絵里の反応が妙にわざとらしかった。今ひとつ表情がパッとしていない。

だから俺は怪訝そうに尋ねた。

「本当は何が凄いか分かっていないだろ？」

「えへへ、バレた？」

バレバレである。

俺は咳払いしてから解説した。

「ワサビには〈本ワサビ〉と〈西洋ワサビ〉があるんだ。日本原産のワサビを本ワサビと言って、特徴としては風味が豊かで上品なんだ。あと、西洋ワサビに比べて高い」

「そうなんだ！　じゃあ、スーパーで売ってるチューブのワサビは西洋ワサビなの？　本ワサビって書いていることが多いと思うけど」

「本ワサビって書いているなら本ワサビが入っているけど、西洋ワサビも混ぜていることが多いよ。あと、『本ワサビ使用』と『本ワサビ入り』って表記じゃ意味が変わるんだ」

「どういうこと？」

「本ワサビの使用量が五〇パーセント以上なら『本ワサビ使用』になり、未満の場合は『本ワサビ入り』と表示しているんだ。だから、『本ワサビ使用』と書かれているワサビのほうが本ワサビを多く含んでいる」

「おー！　知らなかった！　じゃあ生ワサビは？　生ワサビ！　そういうのもあるよね？」

絵里の食いつきようが凄まじい。

思わず苦笑いがこぼれる。

「生ワサビは生のワサビを原料にしているってだけだ。本ワサビか西洋ワサビかは関係ない。西洋ワサビでも生で使っていれば生ワサビになる」

「今までの話をまとめると本ワサビのほうが優秀ってわけだね！」

「優秀かどうかはなんともだな。それぞれに魅力がある。ただ、西洋ワサビより本ワサビのほうが高級品であることはたしかだ」

「じゃあ本ワサビがたくさん自生しているってすごいことじゃん！」

今度は本当に凄さを理解していた。

そのまま大興奮でいるかと思いきや、絵里は「あっ」と何か閃いた。

「火影君はここにワサビがあるって知っていたんだよね？」

「おう」

「じゃあ、なんで今まで採らなかったの？　この場所、前にも何度か通ったよね。この島に来てすぐの頃とか」

「よく覚えていたな。絵里がここを通ったのなんて海蝕洞に拠点を移す前後の頃だろ」

「島での生活は毎日が新鮮だから忘れないよー」

そう言って笑った後、絵里は「それで、なんで？」と話を戻した。

「採らなかったんじゃなくて、できなかったんだよ」

「できなかった？」

「前に見た時はまだ育ちきっていなかった」

本ワサビの生長速度は遅い。非常に遅い。

収穫まで約一年半を要する。

初めて発見した時は育っておらず、採れる状態になかった。

「とはいえ、もう少し早く採ることはできたんだがな。どうせなら最高品質がいいかと思って頃合いを見計らっていた」

「火影セレクション最高金賞受賞だね！」

「なんだそら。上機嫌のあまり意味不明なことを言ってるぞ」

「いいのいいの！」

嬉しそうに笑う絵里。

その顔を見ていると俺まで嬉しくなってくる。

「ちなみに西洋ワサビは毎年十一月頃に収穫する。本ワサビより成長速度が速いんだ」

「そうなんだ！」

絵里は靴とソックスを脱いで川に入り、ワサビを抜いた。

根茎や根を川の水で洗い、俺に向ける。

水滴に陽光が反射してワサビが輝いているように見えた。

「この島のワサビが本ワサビで良かった！　今から楽しみだもん！」

「これだけ本ワサビ本ワサビと語っておいてなんだが、西洋ワサビだって悪くないんだぜ。本ワサビより遥かに栽培しやすいからな」

「本ワサビは栽培が大変なんだ？」

「かなり大変だよ。環境を整えるのに一苦労だし、栽培を始めてからも苦労する。アジト付近まで引っ張ってきて栽培する、というのは非効率的だから避けるべきだろうな」

栽培しやすいかどうかは俺達の生活において重要だ。もしも本ワサビの栽培が楽だったら、今頃はアジトの近くにワサビ畑を作っているだろう。

「チューブのワサビしか食べたことないから、どんな味なのか今から楽しみ！」

「だったら試しに食ってみるか？」

「え？」

持っているワサビの根を取り払い、綺麗にした根茎を絵里に向ける。

「ほら、食ってみるといい」

「えええ！　何その罰ゲーム!?」

絵里の反応は予想通りだった。超絶的な辛さを想像しているのだろう。

「と、思うじゃん？」

俺はニヤニヤしながらワサビの根茎を齧った。豪快に。

ボリッと小気味のいい音が響く。

辛さがまるでない為、涙が出ることはなかった。

「えええええ！　どうなってるの!?　辛くないの!?　それともやせ我慢をして私を驚かしているとか!?」

「俺がやせ我慢しているように見えるか？」

「見えない……」

「そういうことだ」

俺は絵里からワサビを取り、先程と同じ要領で綺麗にした。

それから根茎を絵里の口に近づける。

「絵里も食べてみ」

「絶対に大丈夫だよね？」

「大丈夫だって。疑り深いなぁ」

「だって火影君は意地悪なところがあるからね。キムチの件とか」

「そういう時もあるけど今回は安心していいぞ。ほら、あーん」

俺の言葉に応じて「あーん」と口を開く絵里。目をキュッと瞑り、辛かったらどうしようと半信半疑の様子。

俺はゆっくりと絵里の口にワサビの根茎を入れた。

(妙にエロいな……)

そんな俺の思いを知る由もなく、絵里はパクッと根茎を囓る。

次の瞬間、彼女は驚いたように目をカッと開いた。

「辛くない！　本当に辛くないよ！」

「だろ？」

「なんで!?　ワサビなのに辛くないってどういうこと!?」

「あまり知られていないが、ワサビは擂(す)り下ろすことで辛くなるんだ。だから、そのまま囓り付いても大して辛くない」

「そうなんだ！」

「あと同じワサビでも摺り方で辛さが変わるよ。辛さを際立たせたい時は、円を描く様な形で細かく丁寧に摺るといい。逆に辛さを控え目にしたい場合は、大きく前後にゴシゴシと摺り下ろす」

「摺り方でも辛さが変わるって凄いなぁ！」

絵里は新たなワサビを抜き、立派な根茎を見つめてにんまり笑う。

料理を一手に引き受ける彼女にとって、新たな食材はまさに宝物だ。それが日本人の大好きな調味料ともなれば喜びは一入だろう。

「今回はこのくらいでいいか」

必要な分のワサビを採り終えた。

俺の背負っている竹の籠にはワサビがたくさん入っている。根茎だけでなく、花や葉も含まれていた。

「花や葉も食べられるの？」

「俺も詳しくは知らないんだけど、懐石料理で使われるそうだ」

「おー！　じゃあ、私も料理に活かさないとね！」

「楽しみにしているよ」

こうして我がチームの食材に本ワサビが加わるのだった。

「ちなみにワサビだが、最初は食材という扱いではなかったんだ」

「そうなの？　じゃあ、どういう使われ方をしていたの？」

「薬草だ」

「薬草!?」

「昔の薬物辞典にワサビが出てくる。たしか平安時代に書かれていたはずだ」

「古ッ！　ワサビってそんなに昔から知られていたんだ！　いつから薬草じゃなくて食材になったんだろうね？」

「今のような使われ方をするようになったのは江戸時代からだよ」

「おー、火影君、詳しい！」

「調べたことがあってな。昔の人の暮らしはサバイバルに活かせるから」

「なるほど。それで、江戸時代まではずっと薬草として使われていたの？　ワサビは」

「そういうわけでもない。平安時代の後……鎌倉時代には既に食材としても使われていたはずだ。何せその時代の料理本にワサビのことが書いているからな」

へぇ、と感心する絵里。

「火影君のおかげでワサビに詳しくなったよ、私。これはもうワサビレディーだ！」

「ワサビレディーってなんだよ」

「あはは。たしかにワサビレディーってなんだろう？」

「自分で言ったんじゃないか」

絵里はまたしても「あはは」と声を上げて笑う。

釣られて俺も笑っていると、急に彼女の雰囲気が変わった。

無邪気な子供っぽさがスッと消えて色っぽくなる。

「良い食材を教えてもらったし、お礼をしないといけないね」

上目遣いで俺を見て、小悪魔的な笑みを浮かべている絵里。ヘビのような視線が俺の全身を舐め上げる。

「おいおい、俺はただワサビを教えてあげたかっただけだぞ。お礼なんて別に期待しちゃいなかったんだが？」

嘘である。

本当はがっつりお礼を期待していた。

むしろお礼がなかったら戸惑っていたかもしれない。

そんな俺の心を見透かしているのか、絵里はニヤリと笑った。

「本当に？　じゃあ、お礼は無しでいいんだ？」

「それは……」

「はっきり言わないと何もしないで帰っちゃうよ？」

絵里の右手が俺の胸に当てられる。

その手はすーっと下に進んでいき、下腹部を過ぎて息子に当たる——手前で止まった。

「ぶっちゃけ……期待してました……」

「素直でよろしい！」

絵里はニコッとして俺のペニスを撫でた。

ズボン越しだというのに、気の早い息子はむくりと起き上がる。

「すぐそこに川があるし、顔にかけることができるね」

「いいのか？　ぶっかけても」

「いいよ。だって火影君、大好きでしょ？　顔に出すの」

その通りだ。

俺は口内射精以上に顔射を好んでいる。

我が精液で穢れた女子の顔を見ると、支配欲がこの上なく満たされるのだ。

「じゃあ、頼む」

俺達はワサビの自生地から更に下流へ移動し、少し逸れて森に入った。

適当な木にもたれる形で仁王立ちする俺。

絵里はその前に跪き、俺のズボンとパンツを下ろした。

「初めてした時はこの段階でカチカチになっていたのに、今は少し柔らかさが残っているね？」

ふーっと亀頭に息を吹きかける絵里。

くすぐったさと気持ちよさが俺を襲う。ペニスから柔らかさが消えた。

「もう童貞じゃないしな。度重なる経験で大人になったのさ」

絵里は「あらあら」と笑い、それから、「いただきまーす」としゃぶり始めた。

静かな森にズズズーッと彼女の吸う音が響く。

ペニスに刺激が与えられたことで、俺の思考能力が急速に失われていった。

「絵里は本当にエロイな……」

「ふぉんなことふぁいもん」

頭を激しく前後に動かし、しゃぶりながら言う絵里。そんなことないもん、と言っているのだろう。

しばらく口でご奉仕した後、彼女は手を使い始めた。

唾液にまみれたペニスが冷たい手でシコシコされる。

「気持ちいい？」

「そりゃもう、最高だ……！」

「その割には昔に比べてイクまでが長くなったよね」

手コキしつつ、亀頭をチロリと舐める絵里。

恍惚（こうこつ）として歪む俺の顔を見て、彼女はご満悦の様子。

「レベルが上がって早漏を克服したんだ」

「ヤリチンになったわけだね」

「平たく言えばそうだ」

絵里は「素直」と笑い、亀頭にチュッとキスする。

それからまたしゃぶり始めたのだが――。

「んっ」

すぐにペニスが膨張していることを察した。

彼女は慌ててしゃぶるのを止める。顔にぶっかけさせる為だ。

「すまんな絵里、どうやらまだまだ早漏のようだ」

俺は立ち位置を交代させた。

絵里を木にもたれさせて、その前に俺が立つ。

ペニスは「あと一押しで射精できるぞ」と主張していた。

「イキそう……！　顔にかけるぞ！」

「うん、いいよ。火影君ので穢して」

絵里は両腕を力なく垂らし、顔を上げて俺を見ている。

俺は彼女の顔に亀頭を向け、自らの右手でペニスを扱く。

既に限界を迎えていたペニスは、一瞬にして絶頂に達した。

「ウッ！」

俺の口から息がこぼれ、ドピュゥウゥ、と精液が放出される。

白濁とした濃厚なそれは、絵里の顔面を襲った。

「ふぅ」

息を吐き、絵里を見る。

彼女の顔は物の見事に白く染まっていた。顔から滴った精液がポタポタ地面に垂れている。

「かけちゃったね」と笑う絵里。

「ああ、全力でな……」

絵里の穢れようを見ていると、支配欲が満たされた。

【釣り人との会話】

午後はバランサーとしてアジトの周辺で活動していた。

暇な時は貝殻や石を集め、誰かが人手を求めている時は助けに入る。

「よっ、元気にやってるか？」

「おー、火影じゃーん！」

作業が一段落したので亜里砂のもとに向かった。

彼女は孤高の釣り人として、いつもと変わらず海釣りに励んでいた。

「釣果はどうだ？」

「絶好調よ！　午後だけで二杯目だぜぃ！」

「二杯？」

「そっ。後ろのバケツがね、二杯目なの」

亜里砂は海を向いたまま左の親指で背後の土器バケツを指す。

バケツの中では数匹の魚が泳いでいた。

その隣には青銅のナイフが置いてある。今日は忘れなかったようだ。

「既に一度持って帰ったというわけか」

「そゆこと」

亜里砂はある程度釣るとバケツ内の魚をこの場で三枚おろしにする。

バケツを交換したということは、捌いた状態でも入りきらなくなったのだろう。

相変わらず凄まじい腕前だ。

「ところでバケツの単位は『杯』じゃなくて『個』なんじゃないか？」

「どっちでもいいっしょ！　ほんと細かい男だなぁ、火影は！」

横から顔を覗くと、亜里砂は笑みを浮かべていた。

ただし目は真剣そのもので、ジッと海を睨んでいる。

「このバケツにも結構な数の魚が入っているし、暇だから新しいのに交換してきてやるよ」

「サンキュー！　あ、でも、その前に少し喋っていこうぜぃ！　話し相手が欲しかったんだよねー！」

「いいぞ」

俺は亜里砂の隣に腰を下ろした。

俺達の間には彼女の水筒が置いてある。手芸班が作った竹の水筒だ。

水筒を持ってみると殆ど空に近い状態だった。

「戻った時に飲み水も補充しておくよ」

「気が利くねぇ！　そういう男はモテるよ！」

「この程度でモテたら苦労しないさ」

俺は「ふっ」と笑った。忘れないよう水筒を土器バケツの傍に置き直す。

「火影ってさー」

釣りをしながら話し出す亜里砂。

「私以外の女全員に手を出したの？」

「ブッ！」

思わず吹き出した。

「何の話をするのかと思えば……」

「いいじゃん、教えろよー」

ふと思う。前に愛菜ともこんな話をしたな、と。

「手を出したの定義による」

「はぁ？　なにそれ！　話を逸らす気!?」

「そうじゃなくて、相手から誘われて承諾した場合も手を出したことになる？」

亜里砂の顔が少し赤くなった。

「なる……て言ったら？」

「なら亜里砂以外の全員に手を出したと言えるだろうな」

「ふーん、そうなんだ」

亜里砂の返事は思ったよりも素っ気ない。もっと高いテンションで何か言うと思った。例えば、「ヤリヤリだなぁ！」とか。

「じゃあ、相手から誘われた場合を除外したらどうなるの？」

「それだったら誰にも手を出していないよ」

「全部相手から誘ってきたんだ？」

「二回目以降は別だけど最初は全部そうだ。というか、それが普通じゃないか」

「普通って？」

「こういう環境で男からは誘えないだろ。特に俺は駄目だ」

「どうしてさ？」

「自分で言うのもなんだが皆から頼られているからな。今はともかく最初の頃は俺がいなかったら生活が成り立たなかった。そんな状況で俺から誘ったら、相手は絶対に断りにくいじゃん。だからできないよ。立場を利用しているようで卑怯に感じる」

「真面目じゃん」

「そういうもんだろ、別に真面目じゃないさ」

亜里砂は「かもねぇ」と適当に流した。

「なるほどなぁ、それで私には手を出してこなかったのかぁ！　ヤリヤリなのに！」

「手を出してほしかったのか？」

「うーん……」

亜里砂はしばらく考え込んだ。

「どうだろうね」

「なんだそら」

「なんか恋愛とかよく分かんないんだよね。前に火影も言ってたけど、火影くらいの年齢の男って性欲を持て余してるじゃん？　だからちょっと怖いなぁって思ったり」

「気持ちは分かる」

「分かるの？　男なのに!?」

「男だからこそだ。しばしば思うからな、性欲に支配されているなって」

「でしょー？　それにさぁ、私って、実は犯されそうになったことあんだよね」

「それってバイト先の先輩の話だよな？　それともこの島で？」

「バイトの話。ていうか、なんで知ってんの？　誰かから聞いた？」

驚く亜里砂。

海に集中していた彼女の目がこちらに向く。

――が、その瞬間に魚がヒットしたので再び海を睨んだ。

「どっこいしょーの、よいよいよいっとぉ！」

どこかで聴いた音頭を自己流にアレンジしてリールを巻いていく亜里砂。

竹の竿は今にも折れそうなくらいにしなっている。それでも折れることはない。芽衣子が補強しただけあって耐久性は十分だ。

「どりゃああ！」

亜里砂はひと思いに魚を釣り上げた。

掛かった魚は大したことのないサイズ。竿のしなり具合に比例していないと思った。

「これもお持ち帰りねー」

釣った魚がバケツに入れられる。

俺は「はいよ」と答え、亜里砂の持っている釣り針を見る。シカの骨を加工して作った物だった。

作ったのは手芸班――ではなく、俺だ。芽衣子に「見本を作ってほしい」と頼まれて作った物である。量産化が進んだので見本としての任を解かれたようだ。

「使い勝手はどうだ？　その釣り針」

「いい感じだよ！　前まで使っていた針よりちょっと大きいけどね」

「そうか」

俺は一呼吸置いて、「話の続きだけど」と話題を戻した。

「バイトの件について、俺は亜里砂から聞いたぞ」

「えええ！　言ってないし！」

「いや言ったよ。この島に来た日、零斗らが去って行った時に。『男なんざ一皮剥けば誰だって野獣、私なんかバイトの先輩に職場で犯されかけた』って」

「まじかぁ！　よく覚えてるなぁ！」

「もっとも、その時に聞いていなくても知っていたがな」

「どうしてさ？」

「この島に転移する前のことだが、休み時間に愛菜とかと話していただろ」

「おいおいおい！　盗み聞きしてやがったのかぁ！」

「盗み聞きするまでもなく聞こえるだろ。すぐ傍で話していたじゃないか」

もっと言えば、その話をしている時の亜里砂は俺のすぐ前にいた。俺の机に座って話していたのだ。

彼女は気づいていなかったが、スカートが俺の頭に掛かっていてパンティが丸見えだった。今でも鮮明に覚えている。色は深めの赤で、蒸れた匂いがした。当時の俺は童貞だったので、それだけで勃起した。

「たはー！　そういえばそうだったなぁ！　なら仕方ない！」

亜里砂が釣り竿を横に寝かせた。どうやら休憩するようだ。

「この島に来てすぐの頃の約束、覚えてる？」

「約束って？　何のこと？」

俺が首を傾げると、亜里砂は目に見えて落胆した。

「いや、いい」

本気で落胆しているようだから慌てて訂正する。

「嘘だよ、覚えているよ」

「ほんとに？」

「本当さ」

ただ、亜里砂の言う約束と俺の思う約束が同じかは分からない。

だから「間違っていたら申し訳ないけど」と予防線を張ってから言った。

「日本へ戻ったらデートしようってやつだろ？」

亜里砂の顔がパッと明るくなる。

「それだよ！　それそれ！」

どうやら正解だったようだ。

ホッと胸を撫で下ろす。この局面で不正解だったらまずかった。

「一緒にリア充しようぜって約束だよ！」

「おうよ、覚えているぜ」

「だよなー！　覚えてるよなー！　当然だよなー！」

次の瞬間、亜里砂は笑いながらヘッドロックをかましてきた。さらに拳で俺のこめかみをグリグリしてくる。

「だったらなんで抜け駆けしてリア充してんだよぉ！　おい！」

「リ、リア充なんてしてないだろ」

「私以外の女に手を出しといてどの口が言ってんだぁ！」

その後もしばらくの間、俺はグリグリ攻撃を受けた。これが普通に痛くて、たまらず「勘弁してくれぇ」と悲鳴を上げてしまう。

「俺が悪かった！　抜け駆けしてわるかった！　だから許してくれ！」

「仕方ないなぁ！」

亜里砂は攻撃を止めて満足気に笑った。

「ま、約束を覚えているならそれでいいよ！　日本に戻ったらデートするからな！」

「おうよ」

「本当は私が色々リードしてやる予定だったけど、この数ヶ月で火影だけヤリヤリになっちゃったし、デートの時は男らしくリードしてくれよなぁ」

「可能な限り頑張るよ」

「よろしい！　そんじゃ帰るぞー！」

「亜里砂も戻るのかよ」

「だって日が暮れてきたし！」

「それもそうだな」

「ほら、荷物を持て！　釣り竿以外は全部持て！　行くぞー！」

「はいはい」

俺達はアジトに向かって並んで歩く。

ふと視線を横に向けると、夕日に照らされた亜里砂の横顔が見えた。ポニーテールのおかげでよく見えるうなじが、いつにも増して魅力的だ。こういうところが若さ故の性欲だな、と実感する。

俺の視線に気づいたようで、亜里砂は顔をこちらに向けた。

「おいおい、人の顔をじろじろ見てんじゃねぇぞぉ。可愛いからってよぉ」

「自分で自分のことを可愛いって言うか」

「実際に可愛いからしゃーない！」

俺はふっと笑い、「ま、そうだけどな」と同意する。

すると亜里砂はどういうわけか顔を赤くして目を逸らした。

「そ、そんなことよか、手芸班の〈とっておき〉ってなんだろうな!?　火影、あんた何か知ってるんじゃないの!?」

強引に話題を変えられた。

「いや、何も知らないよ。たしか夕食の後に披露してくれるという話だったっけか」

手芸班はしばしば隠し球を発表している。

それらは常に期待以上の代物であり、俺達はいつも驚かされた。

だから今回も、「一体どんな凄い物が出てくるんだ？」と気になって仕方ない。

「勿体ぶった挙げ句に微妙な物が出てきたら笑うよな」と笑いながら言う。

「手芸班に限ってそれはないでしょー、火影のチンポッポじゃないんだからさ」

「おい、俺のチンポッポは関係ないだろ！」

「なっはっは！」

〈とっておき〉の内容を考えるが、全く分からなかった。

【代理の料理長】

夕食が終わり、いよいよ手芸班による発表の時間がやってきた。

皆がワクワクする中、芽衣子が〈とっておき〉を披露する。

「遅くなってごめんね」

という彼女の声は、俺達の耳には殆ど届いていなかった。

芽衣子が〈とっておき〉を見せた時点で、俺達は「うおおおお！」と叫んでいたのだ。

手芸班が用意した〈とっておき〉とは――枕だった。見た目は完全に現代と同レベル。

「これで教科書とオサラバだぁああああ！」

亜里砂の絶叫が響き渡る。

俺達も同じようなものだった。

今日に至るまで重ねた教科書を枕に見立てて使ってきたが、寝心地は悪かった。無いよりマシ程度。硬くて角張っており、おまけにしばしば崩れる。

「ようやく素材が揃ってね」

芽衣子から枕を受け取り、実際に触ったことで素材を把握した。

〈ソバ殻〉だ。

俺達は麺料理にソバを使う。小麦粉がないので代わりにソバを用いているのだ。ただのお蕎麦に留まらず、なんちゃってパスタを作る時にも使っていた。

手芸班はその時に余った殻を集めて枕にしたのだ。

「ついでに枕カバーも作ったよ」

芽衣子が言うと、陽奈子が自らの学生鞄から枕カバーを取り出した。

カバーは材質こそ同じものの、色は数種類あった。染色したようだ。手が込んでいる。

「どうぞ！　篠宮さん！」

陽奈子がニコッと微笑み、淡い黄色のカバーをくれた。

カバーを嗅いでみると微かに柑橘系の香りがした。悪くない。

「試行錯誤を重ねて作ったから使用感もいいと思うけど、どうかな？」

芽衣子が俺を見る。

「試してみよう」

俺は枕にカバーを掛けて自分の布団に置いた。

いつもと同じように寝そべる。

色々な角度で枕を堪能してから体を起こした。

「完璧だ！」

芽衣子が「やった」と握りこぶしを作る。

陽奈子とソフィアも安堵の笑みを浮かべた。

「念の為に言っておくけど、市販の枕に比べて耐久力が無いと思う。だから、あんまり乱暴に扱わないでね」

芽衣子は「分かった？」と亜里砂を見る。

「私かよー！」

「亜里砂だけ段違いに寝相が悪いんだもん」

俺達は「違いない」と声を上げて笑った。

◇

翌日――。

「ごめん火影君、今回はちょっときついかも」

朝食後、絵里が生理による休暇を申し出てきた。

「問題ない。というか俺のミスだ。強引にでも休ませておくべきだった」

「そんなことないよ。無理しちゃ駄目って決まりなのに無理した私が悪いの」

絵里は起きた時から既に具合が悪そうだった。それとなく「しんどいなら代わるよ」と言ったのだが、彼女は首を横に振った。責任感の強さから無理をしていたのだろう。そこまで見抜くことができなかった。

絵里が生理を理由に休んだことは一度もない。普段よりも簡素な物になるけれど、それでも料理をしていた。

　そんな彼女が休みたいと言うのだから、今回はのっぴきならない辛さなのだろう。

「料理は俺が代わりに作るから安心して休むといい」

「ごめんね、本当に」

「生理で苦しむ女に文句を言う奴なんていないさ。仕方ないことだよ」

「優しいね、火影君は」

「むしろ文句を言う奴がいたらヤバいぞ、そいつ」

「あはは」

　俺は絵里を布団に寝かせ、頭を撫でてあげる。

（生理って大変そうだな……）

　自分が体験できない為、生理のことはよく分からない。見ている限りとてもしんどいことはたしかだ。

　生理に苦しむ仲間を見る度、心配すると共に男で良かったと思う。月一のペースで定期的に訪れる体調不良イベントなんて俺には耐えられる気がしない。

「何か必要な時は言ってね。私や陽奈子、ソフィアの誰かが必ず近くにいるから」

　芽衣子が優しい言葉をかける。

　絵里は額に脂汗を浮かべながら、「ありがとう」と力なく笑った。

「絵里殿、拙者も傍にいるでござるよ！」

「あはは、頼もしい……のかな？」

「逆に危険かも」

「ちょ、芽衣子殿ォ！　それはないでござるよ！」

広場が笑いに包まれる。

「そんなわけで田中、今日は俺の助手として頑張ってもらうぞ」

「任せるでござる！」

本日の料理長は俺で、アシスタントは田中だ。

絵里の代理として頑張らないとな。

「とは言ったものの、どうすっかなぁ」

突然の交代だったので何の準備もできていない。

何気なしに引き受けたが、絵里の代役は大変だ。なにせ彼女の調理技術はプロ顔負け。ゆるっと適当な料理を振る舞っても皆を満足させることはできないだろう。

代役なので、「食えるだけありがたいと思え！」で押し通すことはできる。しかし、それでは絵里の代役としての任を果たしたとは言えない。ただ食える物を用意するだけなら料理番なんて必要ない。美味しい料理を振る舞い、皆を満足させてこその代役である。

（絵里と同じ方向性の料理で勝負するのは避けるとして……）

俺はサバイバル飯を作れるが、決して料理が得意というわけではない。

そのことを自覚しているから今回は変わり種で攻めることにした。

「よし、決めたぞ」

「どうするでござる？」

「とりあえず普段と同じ作業を頼む」

「了解でござる！」

直ちに動き出す田中。いつも絵里の助手をしているだけあって、田中とは思えない程に動きが洗練されている。

広場から出ていく田中を見送ってから俺も動き出した。

「さて、代理の料理長として頑張るとするか」

背後から視線を感じる。

振り返ると絵里がこちらを見ていた。心配そうな顔で。

俺はニヤリとして言う。

「ふっ、悪いが手加減しないぜ。俺の料理で皆をメロメロにしてやる。そうなったら総料理長は俺に交代だ！　絵里は二番手、副料理長に降格だな！」

絵里は小さく笑った。

「そこまで言うなら安心して任せるよ」

「おうよ。俺の心配をするより総料理長をクビになったらどうしようか心配するんだな！　なんたって俺は絵里に料理のアレコレを教えた男だぜ！」

「ずいぶんとハードルを上げたね」と芽衣子。

「篠宮さんの料理、楽しみです！」

「きっと一流シェフも腰を抜かすようなご馳走が振る舞われるのですわ！」

陽奈子とソフィアによって、自ら上げたハードルが更なる高みへ上がった。

「ま、まぁ、期待しているんだな！」

俺は咳払いして青銅のシャベルを持った。

「料理をするのにシャベルを使うの？」

絵里が不思議そうな顔で言う。

「真っ向勝負じゃ勝てないからな。俺の土俵で戦うにはコイツが必要なのさ」

「シャベルがないと作れない料理って何だろう？　気になる！」

絵里は立ち上がり、こちらへ近づこうとする。

「こらこら、寝ときなさい」

俺は絵里を強引に寝かせた。

料理のことになると目がない絵里は、「むぅ」と頬を膨らませる。

「可愛いけど駄目なものは駄目だ」

俺は「大人しくしていろよ」と釘を刺し、壁際に置いてある竹の籠を背負った。

「ちょうどいいし、これも持っていくか」

手のひらサイズの石を二十個ほど籠に入れた。

「シャベルに石って、篠宮様、一体どんな料理をお作りになるのですか？」

ソフィアも興味津々の様子。

「えっと、それはだな――」

詳しく話そうとしたところで、絵里の視線に気づいて口をつぐんだ。

「詳細は後のお楽しみだ」

「ぶー、火影君の意地悪！」

「では私にだけこっそり教えてくださいませ」

「いや、ソフィアにも教えねぇ」

ソフィアも「ぶー」と頬を膨らませる。

「手芸班だけじゃないんだぜ、〈とっておき〉があるのは」

ふっふっふと笑い、アジトを後にした。

俺の考えている料理はアジトの中だと作ることができない。

「お、いたいた」

「火影じゃん！　どうしたのー？」

田畑で愛菜と合流する。

彼女は猿軍団を率いて牛や合鴨の世話をしている最中だった。

「ちょっと頼み事を聞いてくれないか」

「いいよ、何をすればいいの？」

「もうじき田中が戻ってくるから、そしたら伝えておいてくれ。このシャベルを使って穴を掘るように、と。穴の深さは一メートル弱で、広さは籠の石を敷き詰められる程度。掘る場所はアジトの近くならどこでもいい」

「田中に穴掘りをするよう伝えればいいのね、了解。火影はこれから何するの？」

「ちょっくらタロイモの葉っぱを集めてくるよ」

「タロイモが何かは分からないけど行ってらー！」

籠に入っている石を置き、俺はタロイモの自生地に向かった。

【ラウラウ？　ムームー？】

タロイモは植物の固有名ではない。

サトイモ科に属する植物の一部を総称して「タロイモ」と呼ぶ。

今回、俺が使うのはタロイモの中でも日本人に馴染みのあるサトイモだ。天に向かって広がる大きな葉が特徴的で、塊茎（かいけい）——芋の部分——は日本の食文化にも根付いている。

サトイモの自生地はアジトからそう遠くないところにある。群生と表現できるほどの数がないので乱獲することは許されない。

「相変わらず状態がいいな」

サトイモの自生地にやってきた俺は、質のいいサトイモを眺めてニッコリ。

塊茎（かいけい）は汁物に煮転がし、果てにはサラダにまで使える万能食材だ。今回は使う予定がないけれど、絵里へのお土産としていくつか持って帰ろう。

ということで、竹の籠に葉と塊茎を詰める。

俺の目的は塊茎ではなく葉なのだ。

「こんなものか」

必要分の収穫が終わったら移動し、今度はバナナの葉を調達した。

バナナも欲しいのは葉だけだ。

今まで殆ど使わなかったが、バナナの葉はサバイバル生活で重宝する。料理を載せる皿になることもあれば、即席シェルターの屋根になるなど、その使い道は実に幅広い。

もちろん果実も欠かせない。必要な栄養群が多く含まれているから、バナナを食っていればそれなりに健康を維持できる。

余談だが、昔のバナナには種があった。それも中にぎっしり詰まっていた。

「ティの葉もあれば良かったのだが……ま、なくても大丈夫だろう」

必要な物は揃った。戻って調理するとしよう。

俺は早足で帰路に就いた。

◇

「お、篠宮殿！　今しがた作業が終わったでござるよ！」

アジトの近くで助手の田中が待っていた。足下には俺が持ち出した大量の石があり、隣には要望通りの穴が掘られてある。

「穴はこれで問題ないでござるか？」

「ああ、完璧だ」

「次は何をすればいいでござる？」

「穴の傍で火を熾して、そこの石を全部焼いてくれ」

「お安いご用でござる。篠宮殿はどうするでござるか？」

「アジトから食材や調理道具を取ってくるよ」

「了解したでござる」と頷く田中。

しかし、俺が「じゃあな」と歩き出した瞬間、彼は呼び止めてきた。

「石焼きをするなら、もう少し平たくて大きな石にすべきではござらんか？」

どうやら田中は勘違いしているようだ。

焼いた石を鉄板に見立てて、その上で食材を焼くと思い込んでいる。

そう勘違いしても無理はない。石焼きは過去にしたことがあるのだ。お手軽で美味いので人気が高い。

「たしかに石焼きをするならそうだが、今回は違うからな」

「なんと！　それは楽しみでござるな！」

今回作るのは、ハワイやパプアニューギニアの伝統料理だ。

「期待に応えられるよう頑張るよ」

竹の籠をその場に置いてアジトに向かった。

◇

「これとこれと……あとはこれもだな」

「火影君、何を作るの？」

アジトで必要な物を集めていると絵里が話しかけてきた。顔色がマシになっている。体調が回復しつつあるようだ。

「まぁまぁ、楽しみにしてなって」

「もぉ！　教えてくれてもいいのにぃー」

背中をポコポコ叩いてくる絵里。

こんな姿、田中が見たらとんでもないことに――。

「篠宮殿ォ……！」

見られていた。

田中の恨めしげな視線が突き刺さる。

「ほ、ほら、病人は大人しく寝てろって！」

「病人じゃないもん、ただの生理だし」

「俺からすりゃ病人と変わらん。とにかく大人しくしていろ」

「ぶー、優しくない火影君なんか嫌いだー」

「そんな甘えた口調で言っても駄目なものは駄目だからな」

「ちぇ」

絵里は布団に入り、ぷいっとそっぽを向いた。

こうしている間も、田中は鬼の形相で俺を見ている。

「さーて、仕事仕事っと」

俺は逃げるようにしてアジトを後にした。

◇

穴の前に戻ってきた。いよいよ作業開始だ。

「さぁやるぞ、田中！」

「了解でござる！」

食材はイノシシの肉と黒鯛(クロダイ)の二種類。どちらも鮮度がいい。

クロダイは先程まで生きていたもので、アジトを出る直前に締めた。

「やっぱり石焼きでござろう？」

青銅の包丁で分厚い肉をカットしていると田中が言ってきた。

「だから違うって。ま、すぐに分かるさ」

イノシシの肉をカットしたら、今度は魚の下処理だ。

まな板を綺麗に洗ってから捌いていく。

「クロダイというところにヒントが隠されているわけでござるな？」

「いや、クロダイは関係ない」

「なんと!?　では何故クロダイを使うでござる？」

「手頃なのがコイツだっただけだ」

「なるほどでござる」

その言葉を最後に田中は黙った。しかし黙ったままでいるつもりはないようだ。何かしらの会話をしたい、という顔でこちらを見ていた。

(そういえば田中ってよく喋るタイプなんだよな)

無言の空間にいると気まずさを感じるのだろう。

仕方ないので、俺は適当な話題を出すことにした。

「クロダイの不思議な話、教えてやろうか？」

「不思議な話でござるか」

「絵里にもしたことがないネタだ」

田中の目つきが変わった。獰猛な猛獣のようにギラついている。

「聞きたいでござる！　もちろんその後は拙者のネタとして絵里殿に話すでござる！」

俺は「オーケー」と笑い、包丁を動かしたまま話す。

「クロダイは性転換するんだ」

「性転換!?」

「生後間もなくはオスなんだが、四歳までには大半がメス化する」

「本当でござるか!?」

「もちろん本当だ。漁師の間だと有名な話だぜ」

「知らなかったでござる」

「ま、性転換する魚はクロダイだけじゃないんだがな」

「ほほう」

「魚はわりと性転換する生き物で、既に判明しているだけでも数百種類が性転換する」

「数百種類!?」

「ただ、その大半がメスからオスに変わるんだ。有名な魚だとクエやマダイがそうだな。クロダイみたいにオスからメスに変わるタイプは珍しい」

「なんと……！」

全員分の料理を作るのは大変だが、話しているからか楽に感じた。

田中が会話をしたがるのは、調理人に対する気遣いも含まれているのかもしれない。

「それにしても質がいいな、この島のクロダイは」

「篠宮殿のレベルになると捌いている段階で質が分かるでござるか」

「というより、クロダイは分かりやすいんだ」

俺は「見ろよ」と、クロダイの体を指す。

「このクロダイは体の色が銀色だろ？」

頷く田中。

「この時点で、そこそこの質が保証されているんだ」

「不味いクロダイは別の色をしているわけでござるか？」

「もっと黒っぽいよ」

クロダイには居着くタイプと回遊するタイプが存在している。

肌の色はタイプによって異なり、銀色は回遊するタイプだ。

クロダイの味は食べている物によって大きく左右されるが、「臭くて食えたもんじゃない」

などと言われる個体は、体が黒色の居着くタイプであることが多い。

「過去に何度か食べた感じだと、亜里砂が釣ってくるクロダイは刺身で食うのが一番だと思うんだよな。そのくらい状態がいい」

「食べたいでござるなぁ、クロダイの刺身」

「ま、ウチじゃ食えないけどな。食あたりを警戒して刺身は禁止しているし」

肉と魚のカットが終わった。

田中の方も準備万端だ。全ての石が焚き火の炎で焼かれて赤くなっている。

「ついに篠宮殿の料理が始まるでござるな！」

俺は「おう」と答え、事前に用意していた竹の棒を持つ。

それで田中の作った焼け石を押して、穴の中に落としていく。

全ての石を穴に入れたら、棒を半分に折って石の上に並べる。

「あとはカットした食材をサトイモの葉で包み、さらにそれをバナナの葉で包んでから棒の上に載せ、穴に蓋をすれば完成なのだが……」

眉間に皺が寄る。

「どうしたでござる？　何か問題でも？」

「物足りないな……」

実際に調理していて思った。イノシシとクロダイだけでは駄目だ、と。

皆を感動させるには、もう一押し何か欲しいところ。

「折角だし絵里にあげる予定だった芋も使うか」

急遽、サトイモの塊根も混ぜることに決めた。アジトに戻り、サトイモの塊根をササッと洗う。

それを持って田中のもとへ戻り、適当なサイズにカットして、肉や魚と一緒くたにした。

「いい感じだ」

食材の種類が増えたことで見栄えが良くなった。

他に追加する物はないので、二種類の葉で食材を包んでいく。

「全員分の包みを設置できたぞ。蓋をしよう」

「任せるでござる！」

余ったバナナの葉で穴に蓋をしたら作業終了だ。

「ところで篠宮殿、これは何という料理でござるか？」

そろそろ教えてもいいだろう。

俺はニヤリと笑い、右の人差し指を立てた。

「ハワイで『ラウラウ』と呼ばれる伝統料理だ。パプアニューギニアでは『ムームー』と呼ばれている」

食材を葉で包み、オーブンで蒸す料理——それがラウラウでありムームーだ。

「最近では普通のオーブンを使って作られるのだが、この場にそんな物はないからな」

「それで穴の中に入れたのでござるか！　焼き石の力で蒸すわけでござるな！」

「その通り。言うなればこの穴は天然のオーブンだ！」

「凄いでござる！　流石は篠宮殿でござるな！」

「凄くて流石なのは偉大な先人さ」

ハワイやパプアニューギニアでも、昔は同じような方法で作られていた。俺はそれを参考にしただけに過ぎない。

「じっくりと蒸すことによって身がホロホロになるぜ。絵里だけじゃない。皆、絶対に驚くぞ！」

美味しそうな香りを放つを穴を眺めながら、俺達は舌をジュルリと鳴らした。

【製鉄に関する話】

昼食の時間になり、俺は皆にラウラウを振る舞った。

「おほぉ！　うんめぇ！」

「いい感じに味が混ざっていて美味しいね」

亜里砂はほっぺを落とし、花梨が優しい笑みを浮かべた。

「葉っぱで包んで蒸しただけで変わるねー！　また一つ料理の幅が増えた！」

絵里はラウラウの調理法を聞いて驚いていた。未知の料理に出会えた嬉しさからか、もはや完全に回復している。それでも明後日までは生理休暇だ。

「あえて……というか、加減が分からなかったから調味料は殆ど使っていない。味が薄い場合は各自で塩やら何やら使って調整してくれ」

俺達は隙あらば塩を使う。他の調味料に比べて精製が楽だからだ。端的に言えば海水を蒸発させるだけでいい。精製の過程で採れる〈にがり〉も何かと使い道があるし、塩は本当に万能だ。

そんな塩を気軽に量産できるのは、海の近くに拠点を置く利点の一つと言えるだろう。いつか塩田作りにも挑戦したい。

「通は塩って言うもんねー！」

亜里砂は塩をひとつまみするとラウラウの上にまぶした。それから改めてイノシシの肉を食べて、「んまー！」と絶叫する。

俺も同じように塩を掛けてみたが、たしかに美味しさが際立った。

イノシシだけではない。クロダイやサトイモも美味い。

我ながら最高の料理を提供できたと思う。

食事が終わりかけた頃、花梨が尋ねてきた。

「そういえばさ、気になっていたんだけど」

「どうして鉄を作らないの？」

「え、鉄って作れるの!?」と驚く愛菜。

「作らないんじゃなくて作れないのかと思っていたよ」と詩織。

「その気になれば作れると思うよ。だよね？　火影」

「まぁな」と頷く。

花梨の言う通り鉄を作ることは可能だ。一貫して青銅を使用しているのは作れないからではない。

「作らないのには理由がある」

「理由って？」

花梨は食事の手を止めた。

「一番の理由は安全面に配慮してのことだ。鉄を作る――つまり製鉄には、非常に高い温度の炎が必要になる。焚き火や調理用の竈(かまど)でどうにかできるレベルではない。それほどの熱い炎を扱って万が一にでも火傷を負えば深刻な事態になる」

愛菜が「怖っ」と体を震わした。

「他にはどんな理由があるの？」

「製鉄の為の環境を構築するのが面倒だからだ。桁違いの熱い炎を作り出すには、俗に『高炉』と呼ばれる設備が必要になる。もちろん簡単に作れるものではない。高炉を作ろうとすれば他の作業をする余裕がなくなってしまう」

「リスクとリターンの収支が合わないわけね」

俺は「そういうこと」と頷いた。

「それに何より、この島では青銅器の量産が楽だからな」

皆が納得する中、花梨は新たな疑問を口にする。

「青銅器ってどうして簡単に量産できるの？　そういうものなの？」

「いや、そんなことない。鉄ほどではないにしろ、普通なら青銅器を作るのも大変だよ。俺達の環境なら尚更だ。楽に量産することは到底できない」

「でも、私らは青銅器を量産しているよね」

「特殊な青銅を使っているからな」

「特殊な青銅って？」

「俺達が青銅器を作るのに使っている青銅は、一般的な青銅よりも低い温度で加工できるんだ。

つまり、融点が低い」

　この説明で花梨は納得した。

「だからアジトの外にある火力アップ装置で簡単に加工ができるわけね」

「まぁな」

　火力アップ装置とは簡易炉のことだ。錐台の形に積んだ石の隙間を土や粘土で塞いで固めたもの。頂点には煙突が、下部には材料の取り出し口がある。この簡易炉、別名は塊鉄炉ともいう。

「なぁ、なんで私らの青銅は融点が低いのさ？」

　今度は亜里砂が尋ねてきた。

「銅と錫の合金を青銅と呼ぶのだが、錫の含有率によって融点が変わってくるんだ」

「がんゆーりつ？」

「どのくらい錫を含んでいるかってことだ」

「……どゆこと？」

　含有率が何か理解できないようだ。

　どう説明したものか悩んでいると、花梨が代わりに言った。

「コーヒー牛乳と牛乳コーヒーの違いみたいなもの」

　俺には二つの違いがさっぱり分からない。単語の順番が逆になっただけだ。

　ただ、亜里砂は「なるほど！」と納得していた。

「話を戻すけど、ウチの青銅は錫の含有率が非常に高いんだ。だから一般的な青銅よりも融点が低く、それほど立派な設備を必要としない。焚き火の炎を少し強化した程度の火力で加工できる」

「なるへそ！　火影はあえて錫を多めに配合してるわけだな！」

「俺がそうしているというより、この島の青銅がそういう物なんだ」

本来、青銅とは銅と錫を混ぜて作る必要がある。銅と錫の割合もその時に決めるものだ。

しかし、この島ではわざわざ青銅を作る必要がなかった。

自然界に青銅の石が存在しているからだ。それを溶かして加工すれば青銅器になる。

青銅石は篠宮洞窟の近くで入手可能だ。大量にあるので底を突く恐れはない。

最後に、今回の話をまとめた。

「製鉄の話に戻るけど、花梨も言っていた通り、リスクとリターンの収支が合わないんだ。俺達にとって製鉄のメリットは大してない。先人達の文明において鉄器が青銅器に取って代わったのだって、安価で大量生産することが可能になったからだ。俺達は青銅器のほうが楽に量産できるわけだし、わざわざ無理して製鉄に乗り出す必要はないだろう」

皆が「なるほど」と納得した。

すると花梨が唐突にくすくすと笑い始めた。

「こういう話を聞いていると、火影がリーダーでよかったって思えるよね」

彼女の言葉に皆が同意する。「安心できる」や「頼もしい」といったセリフが続出して、俺は照れ笑いを浮かべた。頼られるのは嬉しいものだ。

「雑談はこのくらいにして午後の活動を始めようか」

「「「おおー！」」」

【ホタテとアワビ】

全員に指示を出し終わり、いよいよ活動開始だ。

――と、その時、絵里が言った。

「もう大丈夫だから作業に復帰する！」

俺は即座に「おい、生理なんだから無理するなよ」と言いたかった。しかし、この場には影山を除く男子が揃っている為、「生理」というワードを出すのは気が引けてしまい、言葉に詰まってしまう。

こういう時に遠慮せずに言えるのは一人しかいない。

亜里砂だ。

「生理だろー、無理するなよー！」

案の定、亜里砂はズバッと言ってのけた。グッジョブ。心の中で褒め称えた。

「無理してないよ！　火影君の料理を食べたら元気が出てきたの！」

絵里はその場でぴょんぴょん跳び回り、いかに元気かをアピールする。

俺を含む野郎の目は、貫頭衣を破りそうな勢いでボインボイン揺れる彼女のおっぱいに釘付けだ。もはや見ていることを隠そうともしない。女性陣に軽蔑の眼差しを向けられようとも、この視線が逸れることはなかった。

「いいよね？　火影君！」

絵里がニコッと微笑む。

田中が「なんという天使」などと呟いた。

「本当に大丈夫なんだろうな？」

「うん！」

無理をしている風には見えない。

「そこまで言うなら午後の料理は絵里に任せよう」

「やったー！」

両手を上げて喜ぶ絵里。

花梨は「甘いんだから」と呆れたようにため息をつく。

「ただし、料理以外の作業は禁止だ。いつも料理の合間や後に雑用をしているが、それはしないでくれ。料理だけに集中し、料理が終わったら休む。それでいいな？」

絵里は「ラジャです！」と敬礼。あまりにも可愛い。

俺は思わずニヤけてしまい、田中は興奮のあまり悶えていた。

◇

料理番が絵里に戻ったことで、俺は暇になった。

そこで何をするか考えた結果、海の幸を調達することにした。

一人だと辛いので二人のメンバーを召集する。

そのメンバーとは——。

「すまんな、高橋、陽奈子」

「問題ないでマッスル！」

「お任せ下さい！　篠宮さん！」

俺はこの二人を連れて漁船を走らせていた。マッスル高橋には最強の肉体で船のエンジンになってもらい、陽奈子には俺の作業を手伝ってもらう。

「この辺でいいだろう、ストップだ」

「了解でマッスル！」

船が完全に止まったのを確認してから服を脱いだ。ウェットスーツがないこの世界だと、海中の作業は全裸で行う。

「マ、マッスルさん、見ないで、くださいね？」

緊張した様子の陽奈子。

マッスル高橋は「当たり前でマッスル！」と大きく頷いた。

「自分には大事な恋人がいるでマッスル！　陽奈子さんの裸を覗くという行為は、陽奈子さんだけでなく恋人に対しても失礼でマッスル！　なので絶対、自分は覗かないでマッスル！　安心してほしいでマッスル！」

俺と陽奈子は口を揃えて「おー」と感心した。

男気のあるセリフだ。田中には天地がひっくり返っても言えないだろう。

「素敵ですね、信じています」

陽奈子はマッスル高橋に背中を向けて服を脱ぎ始めた。

その瞬間、マッスル高橋も俺や陽奈子に背中を向ける形で座り直す。

(本当に覗く気がないんだな)

陽奈子が脱いでいる間、俺はマッスル高橋を凝視していた。全裸で。

もし覗くようなら叱ってやろうと思ったが、そんな心配は必要なかった。

マッスル高橋は最初から最後までこちらに振り返らなかったのだ。その素振りすら見せなかった。これが田中なら、意味不明なことを言いながら覗こうとしていたに違いない。

「お、お待たせしました！　篠宮さん！」

マッスル高橋がいるからか、陽奈子はいつもより恥ずかしそうだ。

胸や陰部を手で隠している。

今すぐに「いいから見せてみろよ」と言って淫らな行為に及びたいところだが、マッスル高橋がいるので大人しくせざるをえなかった。船の動力源だけでなく性欲の抑止力としても機能

するとは、流石はマッスル高橋だ。筋肉の厚みは信頼の厚みでもある。

「行くか」

「はい！」

俺と陽奈子は竹のナイフを持って海にダイブした。

ナイフといっても形状だけで切れ味は皆無だ。それでも問題ない。

問題は水温だ。流石に十一月ともなれば冷たさを感じる。海中での活動時間はこれまでよりも短くしなくてはならない。

俺は目をカッと開き、一切の見落としがないよう気を配る。

ゴーグルは海に入る時の必需品だ。おかげでよく見える。

（やはり現代のアイテムは素晴らしいな）

（お、いたいた）

お目当ての獲物を発見。そいつは海底にいた。

陽奈子にハンドサインを送り、二人で海の底を目指す。

沿岸部で大した深さがない為、あっという間に到着した。

獲物は目の前で大人しくしている。余裕だ。

（よく見ておけよ）

陽奈子に目で合図を送る。

彼女は大きく頷いた。「分かりました」と言っているようだ。

（サクッと終わらせてやるぜ）

海底の砂の上で眠る無数の貝――ホタテに手を伸ばす。

その瞬間、

（うおっ！）

ホタテがぴょーんと跳ねた。

貝殻をゆっくり開いたと思いきや、勢いよく閉じて跳んだ。

一匹が跳んだのを皮切りに、他のホタテもぴょんぴょん動き回る。ネットやテレビで得た情報よりも遥かに速くて激しい。

この奇襲は想定していなかった。びっくりして体がブルブルッと震える。

それでも俺はまだマシなほうだ。

「ゴボゴボゴボッ！」

陽奈子は驚きのあまり息を吐き出し、海水を喉に詰まらせてしまった。

俺は彼女の肩を叩いて落ち着かせる。ハンドサインで「海面に上がるぞ」と指示し、ひとまずリセットすることにした。無理は禁物だ。

「ごめんなさい、篠宮さん、私……」

海面に顔を出すと、陽奈子が目に涙を浮かべて申し訳なさそうに言った。

「さっきのは俺が悪かった。ホタテが動くのは知っていたが、あそこまで機敏に動き回るとは思わなかったんだ。あれは驚いても仕方ない。気にせず次で仕留めよう」

「はい！」
大きく息を吸って潜水を再開。
一直線にホタテの溜まり場へ向かう。
（こいつ……！　なんという白々しさ！）
ホタテは何事もなかったかのように固まっていた。まるで寝ているかのように。
（今度は油断しないぞ）
狙いを定めて掴み取る。問答無用の手掴みだ。
案の定、ホタテは元気よく暴れた。他の奴等も跳ね回っている。
しかし――。
（事前に動くことが分かっていればどうということはない！）
今度は落ち着いて臨むことができた。
むしろ「元気がよくて結構じゃねぇか」とすら思える。
陽奈子も順調そうだ。
（思っていた以上に手際がいいな。これならホタテを任せても大丈夫そうだ）
手がホタテで塞がったら再び海面に戻る。
一度に数匹しか持てない為、同じような作業を何度か繰り返す必要があった。
「高橋、俺達のホタテを頼む」
「お願いします！」

「了解でマッスル！」

マッスル高橋にホタテを渡す。最初に俺が渡し、その次に陽奈子が続く。

ホタテを受け取る以上、マッスル高橋は陽奈子を見ざるを得ない。

陽奈子もそのことを承知しているので、見られても文句は言わない。

(脱ぐ時に見なくてもここで見えちゃうよな、裸)

そんなことを思ったものの、口には出さないでおいた。言うと陽奈子は真っ赤な顔で海に沈んでいくだろうし、マッスル高橋も気まずさを感じるだろう。

「オーケー。改めて言っておくがヒトデには気をつけろよ」

「問題ありません！　私のナイフは船に置いておきますね！」

「陽奈子、ホタテは任せてもいいか？　俺はアワビを獲ってくる」

「分かりました！」

ヒトデはホタテを好む。だからホタテの生息地にはヒトデもいる。

ヒトデは危険だ。種類にもよるが毒を持っている。どの種が有毒かを考えるより、とにかく接触を避けるようにしたい。

「それじゃ、また後で！」

ここからは別行動だ。

俺はアワビの待つ岩礁へ向かう。この島のホタテとアワビはすぐ近くに生息しているので、こうして一度に両方をゲットできて助かる。

（ホタテと違ってアワビは楽勝だな）

アワビは夜行性だ。昼間は岩と岩の間で大人しく寝ている。コツさえ掴めば見つけるのは容易だし、寝ているので獲るのも楽だ。

（嗚呼、美味そうだぜ）

ホタテもそうだが、アワビも質のいい個体が揃っていた。岩から獲っただけの状態でさえ唾液の分泌を加速させる程の魅力がある。

俺は一心不乱になってアワビを獲った。

（そろそろ苦しいな）

息継ぎに戻ろうとする。

その時、背後で待機している生物の存在に気づいた。

（なんでお前がここにいるんだよ！）

そこにいたのは、サメだ。

前回、俺と愛菜を助けてくれたあのメジロザメ。

俺の匂いを嗅ぎつけてやってきたのだろうか。神出鬼没な奴だ。

今回で三度目の登場になるが、相変わらず驚かせてくれる。

（折角だし分けてやるか、サメの口に合うか分からないが）

俺は竹のナイフでアワビの殻から身を剥がした。硬くて食べるのに適していない赤いくちばし部分は指で引きちぎる。その他の細かい下処理は省いた。

大きくてぷりぷりしたアワビをサメに近づける。

サメは大きな口を開けたまま動かない。「食べさせて」と甘えているのだろうか。

(これで手まで食われたら洒落にならないな)

そこそこの恐怖心を抱きながらサメの口にアワビを放り込む。

これ以上ない鮮度のアワビを頬張るメジロザメ。味わうように口をモグモグしている。大きなサメが小さなアワビを味わう姿は、なんだか違和感があった。

(口に合わなくて怒ったりしないだろうな……？)

今になって不安を抱く。「何て物を食わせてくれたんじゃい」と怒ろうものなら一巻の終わりだ。

とはいえ、今さらどうすることもできない。

俺はサメの顔を見つめて様子を窺う。

ほどなくして変化が生じた。

なんと目に見えてニヤけたのだ。

口角を上げた状態で口を微かに開いて頬ずりをしてくる。喜んでくれたようだ。

ホッと一安心。

俺も笑みを浮かべてサメの体を撫でた。さらに親指をグッと立てて、サムズアップのようなハンドサインを送る。

その意味は「上まで送ってくれ」というもの。

もちろん伝わることはない――と思いきや、驚くことにこれが伝わった。

サメは俺を乗せて上昇したのだ。あっという間に海面へ到達する。

「おかえりなさい、篠宮さん！」

「おかえりでマッスル！」

「おう、ただいま」

陽奈子とマッスルは船で待っていた。

そして――。

「「って、えええええええ!?」」

案の定、サメに乗っている俺を見て驚いた。

「そのサメって例のサメですよね!?」

「そうだ」

「どうして一緒にいるんですか!?」

「俺にも分からん。気がついたら後ろにいたから、ちょっくら乗せてもらったよ」

いやいやいや、と苦笑いの二人。

「ほんと、篠宮さんは凄いですねっ！」

「男らしいでマッスル！」

「特に何もしていないんだけどな」

俺は船に戻り、船上から腕を伸ばしてサメを撫でる。

「俺達は帰るよ、今回もありがとうな」

サメは何も言わず、どこか彼方へと消えていく。

「これだけ世話になったんだし、今度会ったら名前を付けてあげないとな」

サメの後ろ姿を眺めながら、俺は笑みを浮かべた。

【貝の下処理】

調達したアワビとホタテはその日の内に食べることにした。適切な環境で保存すれば慌てて食べる必要はないのだが、弥生時代に毛が生えたレベルの文明で過ごしているので無理はしない。

それに貝は何かと食中毒に縁のある食材だ。念には念を入れる。念を入れるくらいならそもそも食べるな、と言われたら反論できないけどね。

アジトに戻ると亜里砂がいた。釣った魚を届ける為に戻っていたようだ。

「うっひょー！　アワビじゃん！　ホタテじゃん！　美味そうじゃん！」

大興奮の亜里砂。

そんな彼女に負けないくらい興奮している人間がもう一人いた。

「わーい！　新しい食材だー！　どうしよっかな？　かな!?」

絵里だ。その場でリズミカルなステップを刻んでいる。

「まずは下処理を――」

「あ！」

俺の言葉を遮る亜里砂。

「絵里、ホタテとか食べて大丈夫なの？」

「「えっ」」

俺と絵里が同時に驚く。

「別にアレルギーとかないよ？　私」

「でも絵里、生理じゃん！　生理の時に生ものってダメなんじゃないの？　私の家だと生理の時はお刺身とか食べたらダメな決まりだよ！　生牡蠣もダメだし！」

絵里は顔を赤くして「もう！」と怒った。

「生理って大きな声で言わないよ！」

俺も「デリカシーの欠片もないな」と苦笑いで続いた。

「いいじゃん！　さっきは皆の前で生理っても怒らなかったのに変な奴だなぁ！」

「さっきは流れ的にセーフだったの！　でも今回はアウト！」

「なんだよー、乙女ぶっちゃってさぁ。生理のくせによぉ」

「もー！　最低！」

亜里砂は気にする様子も無く豪快に笑い飛ばす。

「で、どうなんよ？　真面目にダメなんじゃないの？」

「そうなの？　私も生牡蠣は避けるけど、お魚とか貝のお刺身は気にしないよ。生ものがダメなのって妊娠中じゃない？」

「そうなのかなぁ。ウチでは生理中もダメだけどなぁ」

二人は生理中に食べる食べ物の話を始めた。

しばらく耳を傾けていたのだが、思った以上に盛り上がっているので割って入る。

「生で食べたがっているところ悪いが、ホタテとアワビは両方とも火を通すよ」

亜里砂が「えー！」と頬を膨らませた。

「アワビはまだしもホタテは生でしょ普通！　いいじゃん、生で食べようよ！」

「気持ちは分かるが安全第一だ。諦めろ。それにアワビはまだしもってなんだ。生のアワビは嫌いなのか？」

「だってアワビは焼いて食べるものでしょ？　七輪の上でグニョグニョ動くアワビにバターと醤油をつけてさ！」

踊り食いのことを言っているようだ。

「アワビだって生で食べることあるよ」

「うっそぉーん!?」

「生のアワビを食べたことがないんだな」

「ないない！　ていうか生で食べられるとか初めて知ったし！」

「まぁアワビと言えば踊り食いが定番だもんな。グロテスクでありながら何故か食欲がそそられる」

「でしょー!?」

「だがな、刺身という食べ方も悪くないぞ」

「アワビの刺身!?」

「コリコリした食感とまろやかな甘みが特徴的だ。肝醤油を掛けると最高に美味い」

「ほっへぇ! 生のアワビは甘いんだ」

「そうだな、生は甘みが強い。その甘みが火を通すことで旨味に変わるんだ。日本に帰ってアワビを食べることがあったら、是非とも色々な食べ方で味を比べてみるといい」

「そうする! てか火影、なんだか食通じゃん!」

感心しつつも茶化すことを忘れない亜里砂。

その隣で、絵里は「おお!」と目を輝かせていた。

「少し脱線したが、とにかくアワビとホタテはどちらも火を通す。どう調理するのかは絵里に任せるとして、俺はそれらの下処理をしてくるよ」

「それなら私が――」

「手伝います! 篠宮さん!」

手芸班の作業スペースにいたソフィアが立ち上がり、俺の背後にいた陽奈子が唐突に大きな声を出した。

ソフィアのセリフは陽奈子の声によって掻き消されてしまう。

「ぐぐっ」と悔しそうなソフィア。

「篠宮さん！　一緒に作業しましょう！　ね？　篠宮さん！」

陽奈子は俺の名を連呼しながら手を挙げる。

「悪いけど、あなたは私の手伝いをお願い」

無表情でそう言ったのは芽衣子だ。

姉には逆らえないようで、陽奈子は残念そうに「うぅぅ」と唸った。

そんな陽奈子を見て、ソフィアは勝ち誇ったように笑う。

「残念でしたわね、陽奈子さん。それでは篠宮様、私と貝の下処理に参りましょう！　二人きりで！　さぁ！　さぁ！」

「気持ちはありがたいけど手伝いは不要だよ」

「なっ……！」

膝から崩れ落ちるソフィア。

「残念でしたねー、ソフィアさん」

陽奈子は悪そうな笑みを浮かべた。イタズラを企てる子供のような顔で、なんだか嬉しそうだ。

「高橋、お前も普段の作業に戻ってくれ」

「了解でマッスル！」

「私も釣りに戻るわー！」

マッスル高橋と亜里砂がアジトから出ていく。

俺は休憩がてら絵里と雑談した後、ホタテとアワビの下処理に取りかかった。

先にホタテから手を付ける。

ホタテの下処理は簡単だ。

まず、サバイバルナイフで閉じている殻を開く。強引に。

美味しそうなホタテの身が姿を現した。

最初に目を引くのが貝柱。寿司ネタでも定番のプリプリした白い塊だ。可食部の中で最も美味しく、ホタテといえば貝柱である。

次に、貝柱を囲むように付いているビラビラ。「ヒモ」やら「ミミ」と呼ばれている。人間でいうところの筋肉みたいなもの。ホタテの場合、筋肉でありながら目の役割もしている。ここもバター焼きなどで食べると美味い。

今回は貝柱だけ使うことにした。

ヒモや生殖巣など、他の可食部は適当に焼いて猿軍団にプレゼントする予定だ。

「火影君、どうして二種類の水が必要なの？」

絵里が近づいてきた。俺の傍にある二つの土器バケツが気になるようだ。

どちらも中には水が入っている。片方は海水で、もう片方は川水だ。

「菌の中には塩を好む奴と嫌う奴がいる。だから、塩分濃度の高い海水と低い川水を使うんだ」

話しながら実践する。まずは海水で洗い、次に川水で洗った。

「こうすることで大抵の菌は殺せる」

「塩を好まない菌なんているんだ？　海の中で生きているのに」

「まぁな」

火を通すので本来はここまで意識する必要はない。分かってはいるのだが、食中毒の可能性を可能な限り減らしたいのでしっかり洗う。手を抜いて後悔しない為に。

そんな俺の姿を見て、絵里は嬉しそうに頬を緩めた。

「絵里殿ォー！　終わったでござるー！」

外で作業していた田中が戻ってきた。

絵里は感謝の言葉と共に新たな指示を出す。

それが終わると、俺に「またあとで」と言って離れていった。

「次はアワビだな」

ホタテの下処理は簡単だが、アワビは少し大変だ。

まず、身の表面に付着したぬめりと汚れを取らねばならない。この作業はタワシを使って行うのが一般的だ。塩を付けてゴシゴシすれば、いとも容易く綺麗になる。

そう、タワシがあれば……。

残念ながら俺達のアジトにはタワシがなかった。

「別の物で頑張るしかないな」

タワシの代用品としては切り藁が定番だ。短く切った藁を束ねたもので、江戸時代にはタワシと同じ用途で使われていた。言うなれば昔のタワシである。

しかし、今回の作業にはもっと適切な代用品があった。

それが――布だ。

今回は適当な布を使うことにした。海水に浸してから塩を付け、アワビの表面を拭く。多少の力は必要だが、力の入れすぎは禁物だ。

タワシに比べると流石に効率が悪い。

それでも特に問題なく終わった。

次はサバイバルナイフを使い、殻から身を剥がす。

剥がした身を裏返すと、先端部分に赤い塊があるのに気づく。

アワビの口だ。固くて食用には適していない。なので取り除く。

それから、表面と同じ要領で裏面も綺麗にする。表面に比べて楽だ。

ここまで済んだら、絵里のもとへ行って確認する。

「アワビの肝は使うか？　作業前に訊いた時は使わないと言っていたが」

改めて訊ねるのは、肝を使うかどうかで作業内容が変わるからだ。

「肝ってどんな風に使えばいいんだろ？」

「王道でいくならソースや肝醤油かな」

「そっかぁ」

絵里は「うーん」と悩んだ後、質問で返してきた。

「火影君はどう思う？　使うべきかな？」

「俺なら避けるかな。食中毒のリスクを減らしたい」

「じゃあ私も避ける！　初めての食材だし！　今回は貝柱だけでお願い！」

「はいよ」

肝を使わないのであれば、アワビの下処理はこれで終了だ。

あとは適当な水で表面に付着した塩を落とせばいい。

もしも肝を使う場合、下処理の内容が増えていた。肝から砂袋を取り除くなどの作業が必要になるのだ。

毒の有無も確認しなくてはならない。誤解している人が多いけれど、肝は必ずしも食べられるわけではないのだ。アワビの肝は正確には肝でなく「中腸線」といい、場合によっては毒に染まっていることがある。

その毒にあたった場合、運が悪いと光過敏症を引き起こしてしまう。

光過敏症の症状は、食あたりの定番である下痢や嘔吐ではなく、日光に当たると肌が火傷の如くただれてしまうというもの。死のリスクは低いけれど、回復に約三週間を要する面倒なやつだ。

ちなみに、中腸線が有毒かどうかは色で判別できる。俺が下処理したアワビは、揃いも揃って安全な色をしていた。

仮に絵里が肝を使うつもりだったとしても問題なかっただろう。

「これでよし！」

ホタテとアワビの貝柱を漆器のお椀に移す。

それを絵里に届けて、俺の作業は終了だ。

「ありがとう火影君！　あとは私に任せて！」

「おう。俺は調理で使わない部位を猿軍団にやってくるよ」

そんなこんなで、このあと俺達は海の幸を堪能するのだった。

【石集め】

「実は石包丁って現代でいうところの稲刈り鎌なんだよ。包丁のように野菜や魚を捌くのではなく、稲穂を刈るのに使っていたんだ」

「そうだったんですか！　流石は火影さん、何でも知っていますね！」

十一月八日の金曜日、俺は陽奈子と森の中を歩いていた。昼食時に芽衣子から石の調達を頼まれ、その採取に向かっている。竹の籠を背負い仲良く手を繋いで歩く俺達の後ろ姿は、知らない人からすると年の離れた兄妹ないし親子に見えそうだ。

「どうして私達は石包丁を普通の包丁と同じ用途で使うのですか？」

「そりゃウチのは切れ味が鋭くて包丁としても使えるからさ。それに手芸班が木の柄を付けてくれるしな」

話していると篠宮洞窟が見えてきた。

右に曲がり、東に向かってしばらく歩き続ける。

視界に入る木の数が次第に減り始め、いよいよ全ての木が消えた。木の代わりに広がっているのは大量の石だ。大小様々なサイズがあり種類も豊富。まさに石の海だ。

ここが目的地の〈採石場〉である。

日本の採石場とは違い、石や岩が無造作作が転がっているだけの場所だ。便宜的に採石場と呼んでいるが、日本の採石場とはまるで違う。ここの風景を人に伝える時は、「石しかない瓦礫の山」と説明するのが最も分かりやすいだろう。

この採石場が俺達の生活に欠かせない存在となっている。ウチで使っている石材のほぼ全てがここで調達した物なのだ。青銅石もここでしか手に入らない。

「いい石を集めるぞ！」

「おー、ですっ！」

背負っていた籠をその場に置き、俺達は石を物色する。

「ふんふんふーん♪」

鼻歌を歌いながら一心不乱に石を集める陽奈子。

俺は周囲の警戒をしつつ作業に臨んだ。この辺りは安全なのだが、さらに東へ行くと危険度が高まる。縄張りが被っていないので争うことはないけれど、この島にだって肉食動物は棲んでいるのだ。篠宮洞窟を根城にしていたトラのように。

「火影さん、この石はどうですか？　硬さとか大丈夫ですか？」

陽奈子が適当な石を持ってきた。

「なかなかいい感じだ。持って帰ろう」

「はい！」

石を選ぶポイントはいくつかある。

最優先すべきは硬さ――ではなく形だ。握りやすくて適度な厚みがあり、なおかつ表面が平べったいのが理想的。加工しやすいからだ。

硬さはその次に大事なポイントになる。すぐに砕けるのは論外だが、硬ければいいというものでもない。硬すぎると加工しづらいからだ。

「火影さん！　いい石を見つけました！」

「この石はいかがですか？」

「チェックしてください！」

「また見つけましたよ！　火影さん！」

陽奈子は毎分数回の頻度で確認を求めてきた。

俺は「あのなぁ」と苦笑い。

「どの石がいいかなんて俺より詳しいだろ！　加工するのは手芸班なんだから！」

「えへへ、でも、かまってほしいじゃないですか」

「でもじゃねぇよ！」

陽奈子は不満そうに頬を膨らませた。唇も尖っている。

「やれやれ、二人になるといつもこれだ」

そんなこんなで作業を進めていると――。

「火影さん、この石を見てください！」

またしても陽奈子がやってきた。

「だから自分で――って、おい、それ！」

陽奈子の持っている石を見て、俺は愕然とした。

「なんだか凄そうなので持ってきたのですが、どうでしょうか？」

「ああ、凄いよ。なんたってそれは黒曜石だ！」

「こ、黒曜石!?　って、それは何ですか？　名前だけは知っているのですが……」

「非常に優秀な石さ。断面は磨く必要がないくらいに鋭くて、切れ味だけなら現代のナイフにも匹敵する」

「なんと！　凄いじゃないですか！」

「ただ脆いんだよな、黒曜石は」

「じゃあ、あんまり良くない……？」

「そんなことないぞ。先人達は武器に使っていたんだ。問題ない」

「おー」

俺は陽奈子から黒曜石を受け取り、マジマジと眺める。

形は問題ない。かなりいい代物だ。

「それにしても火影さん、すごい驚きようでしたね。黒曜石はそんなに珍しいのですか？」

「そういうわけでもないんだが、この島で手に入ったのが不思議でな」

「ここにあると何かおかしいのですか？」

「黒曜石は火山岩の一種だからな。火山のないこの島には存在しないはずだ、普通ならな」

「たしかにこの島には火山なんかありませんね。山自体ないですし……」

この島は基本的に森と草原で構成されており地形の高低差は殆どない。数少ない高い場所といえば白夜が拠点にしていた丘くらいだ。

「相変わらず不思議な島だな、黒曜石があるなんて」

「ですねー」

「何はともあれお手柄だったな、陽奈子」

「えへへ」

「折角だしこの黒曜石を加工してみるか」

「はい！」

黒曜石の石包丁を作ってみた。慣れた手つきで半月状の石包丁に仕上げる。

近くの森からキノコを採ってきて、試しに切ってみることにした。寝かせたキノコに黒曜石の刃を当てて手前に引く。

「うおっ、やべぇなこれ。指まで切っちまうところだった」

「気をつけてくださいよ！」

わりぃわりぃ、と笑って流す。

それから黒曜石の感想を言った。

「想像していたよりもいい感じだ。ただ切れ味が鋭すぎる。これを今のように石包丁として使うのはちと怖い。柄を付けて普通の包丁として使うのがベストだな」

「それだったら私にお任せ下さい！　戻ったらやっておきます！」

「頼んだ」

陽奈子の籠に黒曜石の石包丁を入れる。

「黒曜石はもう少し持って帰りたいな。どこにあった？」

「あの辺りに転がっていましたが……」

陽奈子の指している場所に目を向ける。

パッと見た感じ、黒曜石らしき石は見当たらない。

「探してみますか？」

「そうしよう」

手分けして石の山を漁る。

「あったあった」

「こっちにもありましたー！」

黒曜石がちらほらと見つかった。他の石に比べて明らかに量が少ない。見つけたら嬉しい気持ちになった。

逆に最も多いのは青銅石だ。目を瞑って適当な石を掴んだとしても、半分くらいは青銅石を引いているだろう。

「石集めはこのくらいでいい。これ以上は重くて運ぶのが大変だ」

「分かりました！」

俺達は大きな岩の上に腰を掛けて休憩することにした。数十人で協力しなければ動かすことすら難しいであろう岩で、さながらエアーズロックの如く採石場の真ん中で存在感を示している。

「まずは水分補給っと」

竹の水筒でグビッと水を飲む。

「あ、その水筒！　私が作った物ですよ！」

「そうなのか？」

「はい！　使い勝手はいかがですか？」

「いいよ。もはやこれがないと外で活動できないぜ」

「本当ですか？　じゃあ、じゃあ！」

陽奈子は岩の上で体を倒し、俺の太ももに頭を載せた。

「火影さん！　頭！　頭！」

撫でろ、ということだ。

「甘えん坊が過ぎるぞ」

「いいじゃないですか！　私達しかいないんですから！」

「やれやれ」と呆れつつ、陽奈子の頭を撫でる。

陽奈子は嬉しそうだ。

「ここ、すごく落ち着きます」

そこはペニスの真上なんだけどな、と心の中で笑う。

そのことに気づいていない陽奈子は幸せそうに頭をもぞもぞ。振動が太ももだけでなくペニスにまで伝わった。

ペニスがピクピクと反応する。まずい兆候だ。箍が外れそうになった。

「…………」

俺は何も言わず陽奈子の頬に右手を当てる。ひんやりしていて、ぷにぷにだ。

何食わぬ顔でほっぺを指でツンツンした後、その指を頬から唇へ移動させた。

「パクッ！」

そう言って、陽奈子は俺の指を咥えた。

彼女の口の中で人差し指と中指が舐め回されている。

ペニスがぬるりと半勃起。もうダメだ。箍が外れた。

俺は咥えられている指を抜き差しする。ジュポジュポと音がした。

陽奈子は小さな両手で俺の右手首を掴み、指を舐め続けている。

その目は真っ直ぐに俺を見ていて、明らかにこう訴えていた。

——誘ってください。

だから、俺は言った。

「いいよな？」

それだけで伝わる。

陽奈子は微笑み、嬉しそうにコクリと頷いた。

【陽奈子と採石場】

寒空の下、全裸になる俺達。

これで風邪を引いたら笑えないなと思うものの、性欲には逆らえない。

「陽奈子……」

「火影さん……」

我ながらワンパターンだと思うが、陽奈子とのセックスはキスから始まった。

抱き合って舌を絡める濃厚なキスを数分間。それだけで俺のペニスは膨らみ、陽奈子の膣はぬるぬるになった。

キスが終わったら互いの性器を刺激し合う。

陽奈子は俺のペニスを入念に舐めた。指を舐めた時よりも激しく、淫らに、拙いながらも頑張っている。

対する俺は指で返す。ピタッと合わせた人差し指と中指で彼女の陰核を擦った。指を素早く左右に動かすことで陰核を刺激する。瞬く間に膣が愛液で満たされていくので、今度は膣内に指を入れた。陽奈子の中は特にきつくて、指を二本入れるのも一苦労だ。

膣内では俗に「Gスポット」と呼ばれる場所を中心に、軽く押すように撫でていく。

陽奈子の息づかいが次第に荒くなる。

「それダメ、です、火影さん、やめてっ」

顔を真っ赤にした陽奈子が、俺の右手を止めようと両手で押さえてきた。

もちろん俺はやめない。むしろ激しくする。

数秒後――。

「やらぁ！」

陽奈子は盛大に潮を吹いた。さながらシャワーだ。

「今日も絶好調だな。エロいぞ、陽奈子」

「ううう……も、もう、火影さん……」

こうして前戯が終わると、いよいよ本番の時間だ。

「時間に余裕があるし、今日はまったり楽しむとするか」

ということで、今日は背面側位を選択。

互いに岩の上で横向きに寝そべり、後ろから挿入した。ゆっくりと腰を振る。

陽奈子の小さな体を包み込むように抱きしめ、

「あぅ、はっ……あぁっ……」

「激しくないが、なかなか気持ちいいだろ？」

「すごく……いいです……」

「この体位は好きか？」

コクコク頷く陽奈子。

「あっ、はぅ、ふぁ……」

腰の動きが最小限なので、陽奈子の喘ぎ声も穏やかだ。

彼女の膣はキツキツだから、それでも十分気持ちいい。

「あ、そういえば——」

チュパチュパ音を立てながら背中を舐めていると、陽奈子が何やら言い出した。

「——火影さん、避妊具は着けましたか？」

俺は陽奈子のうなじを舐め、首筋にキスしてから答えた。

「うん、着けたよ」

「なんだぁ」

安心するかと思いきや、陽奈子は「うー」と不満そう。

「てっきり忘れているのかと思ったのに……」

「忘れていてほしかったのか？」

陽奈子は体をこちらに向けた。

いきなり膣から排出されたことで、ペニスが驚きと不満を露わにしている。

「もちろんじゃないですか」

陽奈子は俺の首筋にカプッとかぶりつく。甘噛みしつつ、れろれろ舐めた後、耳元で囁いた。

「私も、中に出してほしいです……」

このセリフの破壊力はやばかった。

俺のペニスは限界を超えて膨らみ、避妊具を突き破りそうになる。

何食わぬ顔でペニスを再挿入。対面側位で快楽を得つつ会話を続けた。

「今の、すげーエロかった。もう一回言って」

「ちょっ、そんな風に言われたら言いづらいじゃないですか……」

などと恥ずかしがりつつも、陽奈子は再び耳元で囁いた。

「火影さんに……中に、出してほしいです……」

その言葉に脳がとろけてしまう。

今すぐ避妊具を外して生でしようかと思った。

かつてない程に禁忌を犯してしまいたい衝動に駆られている。

それでも、やはり、理性を完全には捨てきれなかった。

「皆に迷惑をかけてまで子供が欲しいか？」

うっ、と言葉を詰まらせる陽奈子。

「それが答えだ。わるいけど中には出してやれない」

「うぅぅ」

真面目な話を終えて、再び無言でイチャイチャ。

横になったままというのに飽きてきたので、体を起こして対面座位へ。ギュッと抱き合い、舌を絡めるようにキスする。

しばしば耳にかかる陽奈子の吐息が気持ちよくて興奮した。

対面座位だといつまでも楽しめそうだ——と思ったが、二十分もすると限界がやってきた。

「中には出してやれないけど、今後もたくさん抱いてやるからな」

しっかり射精するべく、陽奈子の腰を両手で掴んで激しくシェイク。天に向かって伸びるペニスが、ガンッ、ガンッ、ガンッと子宮に打ち付けられる。

「そんなっ、激しいの、あああああっ！」

陽奈子はイキ、両腕がたらりと垂れた。全身の力が抜けて、上半身がふらふらしている。

それでも俺は陽奈子を抱きしめたまま、彼女の体を上下に動かす。

いい感じだ。ペニスが歓喜の声を上げている。

そして——。

「イクッ！」

人生で初めて、対面座位のまま絶頂へ至った。

しかし、放出された精液の量がいつもより少ない。いつもに比べて刺激が弱かったからだろう。対面座位だとこれが限界か。

ペニスは「もう少し暴れたい」と訴えていた。俺の体もまだまだ元気で、大して汗を掻いていない。このまま終わることはできなかった。

賢者モードの入り込む余地はなく、ノンストップへ第二ラウンドへ突入だ。

「ここからは激しくなるぞ」

「そ、そんな……待っ……いっ、ひぐぅううううう！」

ヘトヘトの陽奈子を岩の上でうつ伏せにし、新たな避妊具（ゴム）を装着して、後ろから挿入。

岩を砕きそうな勢いで腰を振り、ひたすらに子宮を犯す。

「やぁああっ！　ぅああ、火影、さ、んっ！」

「まだまだこんなもんじゃないぞ！」

岩に当たって膝が痛くなろうとも腰を振り続ける。全身から汗が噴き出てきた。

「出すぞ、陽奈子！」

「んぁ……ふぁ……い……」

陽奈子はイキ過ぎてまともに話せない。

それでも膣の締まりは素晴らしくて、俺は遠慮無く射精した。

寝バックの状態で体を密着させての射精は気持ちよさが別格だ。

「一発目よりたくさん出たな」

二つのゴムを陽奈子の顔の横に並べる。

陽奈子は岩にへばりついたまま動かない。焦点の定まっていない目をゴムに向けながら、乱れた呼吸をどうにか整えようとしていた。

そんな彼女の耳元で、俺はニヤリと笑って囁いた。

「もう一発ヤッておくか」

「ひ、ひぃぃぃぃ、許してください、もう……」

「ははは、冗談だよ」

本当は冗談でなく本気でしたかった。

陽奈子に白目を剥いて失神する程の刺激を与えたかった。

だが手持ちのゴムが尽きたのでおしまいだ。残りはアジトにある。

「火影さん、激しすぎですよ……」

「そういうのも好きだろ？」

「……はい」

俺達は岩の上で寝そべり、風邪を引かない程度にピロートークを楽しんだ。

【アルマジロ・ウォーカー①】

十一月も中旬に差し掛かろうとした土曜日の午前――。

朝食を終えて一服した後、俺は花梨と子作りに励んでいた。

場所は湖の傍。

いつもはアジトの奥にある薄暗くて狭い空間で交わるのだが、今日は趣向を変えてみた。

「ほらっ、もっと声を出せ！」

四つん這いの花梨に後ろからペニスをぶち込み、腰を振りながら尻に平手打ち。真っ赤に腫れた尻を叩かれる度、彼女の口から艶めかしい声が漏れた。

「あっ、いいいぃ！　もっと叩いて、もっとぉ！」

「これはお仕置きだぞ、おねだりするんじゃねぇ」

「ひぐぅ、ごめんなさ、あああっ！」

よがり狂う花梨。

そんな彼女を数メートル先から合鴨夫婦が眺めている。

「中に出してほしいか？」

「ほしい、ほしい！」

「ならお願いしろ！」

「な、中に、中に出して、ください！　早く、ちょうだいっ！」

「いいだろう」

花梨の腰に手を当て、ペニスを膣の奥深くに突き立て、射精する。ドクドクと溢れ出す精液が漏れることなく花梨の中へ注がれていく。

花梨の上半身が岩肌の地面に崩れた。前に垂れた髪の先端が湖に浸かっている。

「ふぅ……！」

膣からペニスを抜いて、近くの岩に腰掛ける。

「やっぱりロケーションが変わるとテンションも上がるものだな」

「そう……だね……はぁ……はぁ……」

花梨は喘ぎすぎて酸欠に陥っていた。下手すれば青あざができそうな程に腫れ上がった尻は、賢者モードで眺めると痛々しくて心配になる。

「尻は大丈夫か？　調子に乗って叩きすぎた」

「大丈夫だよ。少しヒリヒリするけど気持ちよかった」

地面に伏せたまま、顔だけこちらに向ける花梨。

「気持ちいいのは分かってるけどな、凄まじい感じようだったし」

「私、そんなに感じてた？」

「そりゃもうドスケベと言うほかなかったぞ」

「……恥ずかしいなぁ」

花梨は尻を叩かれるのが好きだ。叩かれる度に喘ぎ、膣をギュッと締める。それが気持ちよくて、俺もついつい叩きすぎてしまう。

「こうして子作りに励んでいるとさ――」

花梨は立ち上がり、こちらに近づいてきた。隣に座って、俺の左腕に抱きつく。

「野生化した感じがする」

「なんだそら」

　意味が分からん、と笑う俺。

「だって色々な動物が交尾してるじゃん？　この島だと」

「まぁな」

　島で見かけた殆どの動物が隙あらばヤッていた。森の中を彷徨（さまよ）えばどこかしらで交尾中の動物を目撃する。

　この島で最も控え目なのは間違いなく人間だ。

「知ってる？　アルマジロも交尾するんだよ」

「そりゃそうだろ、アルマジロは交尾する動物だ」

「そうじゃなくて」

「というと？」

　花梨は萎れたペニスを指先で弄りながら言う。

「前に火影が捕まえたアルマジロのこと。あの子の交尾を目撃したの」

「マジか」

　意外だった。

　この島には色々な動物が生息しているけれど、アルマジロは数が少ない。

　いや、少ないどころではない。例のアルマジロ以外は見たことがなかった。

「相手はメスのアルマジロだよな？」

「そうだよ」

「アルマジロの交尾か……。思えば見たことがないな。どんなプレイをするんだ？　やっぱり後背位（バック）でガンガン突くのか？」

「そうだね」

動物の交尾は基本的に後背位だ。ドギースタイルとも呼ばれているが、犬以外の動物もこの体位を好む。人間のように正常位で交わる動物は少ない。

「火影と一緒くらい激しかったよ、あの子の交尾」

「むっ」

俺の眉がピクッと震え、眉間に皺が寄った。

「それは聞き捨てならないな。俺とアルマジロが同レベルだと？」

「冗談だよ」

「では二度とそんな冗談を言えなくしてやろう」

怒りのパワーで急速に回復するペニス。

賢者モードは消え去り、ガチガチに硬くなった。

「ちょ、待って、私はまだ休憩したい――」

「うるせぇ！」

再び花梨を四つん這いにさせて、後ろからペニスを突き刺す。前戯はスキップだ。

「どうだ花梨、これでもまだアルマジロと比較するって言うのか!?」

花梨は答えずに嬌声を上げて快楽に浸っている。

かと思いきや、こちらに振り向き、ニヤリと笑った。

「その顔……！」

今になって花梨の企みに気づいた。

彼女は俺を奮い立たせる為に煽っていたのだ。

まんまと策にはまってしまった。

「花梨、貴様……ッ！」

「もっと激しくしてくれないとアルマジロに負けちゃうよ？」

「畜生！」

俺はがむしゃらに腰を振り、花梨の尻に強烈な平手打ちをお見舞いした。

◇

午後はアジトの外で過ごすことにした。

何をするかは考えていない。土曜日なのでノープランだ。

とりあえず田畑に向かった。誰かしらがいるはずだ。手伝いを求められたら協力しよう。

「あ、火影じゃん！」

「ごきげんよう、篠宮様」

田畑には愛菜とソフィアがいた。

愛菜は猿軍団の作業を監督していて、ソフィアは合鴨の餌やりをしている。

二人に挨拶し、雑談しようとした時――。

「おっ」

水田の傍でおっさん座りしている動物に気づいた。

アルマジロだ。

「こんな時間から起きているとは珍しい……というか、ここにいるのが珍しいな」

このアルマジロは神出鬼没でしばしば行方をくらましている。花梨が交尾を目撃したのも森の中という話だった。

天音が近づいてきた。

「どうした篠宮火影、そこのアルマジロを仕留めればいいのか？」

「そんなわけないだろ！　殺すんじゃないぞ」

天音は「そうか」と離れていく。ソフィアに仰々しい挨拶をした後、原木の加工を始めた。

マッスル高橋と協力して作業をしているようだ。これまた珍しい組み合わせ。

「篠宮さんもマッスルするでマッスルか？」

伐採した原木を担ぎながら、マッスル高橋がナイスなスマイルで言う。

「マッスルするの意味が分からないけど遠慮しておこう」

「了解でマッスル！」

俺は視線を愛菜に向けた。

「愛菜ってそこのアルマジロとも話せるのか？」

「んー、どうだろ？　試してみるね」

愛菜はアルマジロの隣でしゃがんだ。

「やっほい」

アルマジロは何も言わずに愛菜を見る。

数秒後、おっさん座りをやめて、森に向かって歩き出した。

「ありゃま」と、両手の手のひらを上に向ける愛菜。

「何か言っていたのか？」

「ううん、何も。寡黙な子なのかも」

「ふむ」

俺はアルマジロの後ろ姿を眺める。妙な貫禄が漂っていた。

(これから一発ヤるつもりか？)

もしもそうなら是非とも拝見したいものだ。俺と同じくらい激しいというアルマジロの交尾を。危機感の欠片もない動きからは想像できないテクニックを。

(よし、尾行しよう)

やることもないので、アルマジロの後を追うことにした。

【アルマジロ・ウォーカー②】

のんびり歩くこと約十分、アルマジロが止まった。森と海の境に位置する場所で、アジトからそう離れていない。

そこにはメスのアルマジロがいて、直ちに交尾が始まる――と思いきや、そんなことなかった。

そもそも他のアルマジロなんていなくて、代わりに二人の人間がいたのだ。

絵里と田中である。

「火影君、どうしたの？　こんな所に」

「さては拙者と絵里殿のランデブーを嗅ぎつけて妨害しに来たでござるな？」

「ランデブーって……。死語だろ、昔のドラマでしか聞いたことねぇぞ」

まずは田中に答えて、それから絵里を見る。

「そこにいるアルマジロの後をつけていたらここに着いたんだ」

「そうだったんだ！」

「で、二人は何をしているんだ？」

「前に火影君が作ってくれた料理、ラウラウだっけ？　あれを参考に新しい料理を試そうかなって」

「なるほど、それで田中がシャベルを振り回していたわけか」

「さようでござる！　拙者は優秀なアシスタントでござるからな！　もはや絵里殿には拙者が必要不可欠でござるよ！　運命共同体とも言うでござるな！」

「アハハ」と苦笑いの絵里。

「特に問題なさそうだが、何か手伝ってほしいことはあるか？」

「んー、大丈夫かな。田中君がいるから」

「最近の拙者は有能でござるからな」

「まぁそうだな。昔に比べると成長――って、おい」

アルマジロが移動を再開した。話している最中なのに。

「わりぃ、話は終わりだ。俺はあいつの後をつける必要がある」

「了解！　でも、なんでアルマジロを追いかけるの？」

「俺と同レベルか見極める為だ」

絵里と田中が首を傾げる。

困惑する二人に別れを告げて、俺はその場を後にした。

次にアルマジロが向かったのは川だった。

目の前に漁で使う迷路状の仕掛け〈エリ〉がある。

「あ！　火影さん！」

「あら奇遇ね、篠宮君」

今まさに朝倉姉妹がエリ漁を行っていた。陽奈子は素手で、芽衣子は片手用の小さなたも網を使って、迷路の終着点である袋小路に迷い込んだ魚を捕まえている。

「亜里砂以外の人間が魚を捕っているのは珍しいな」

「そうでもないよ」

芽衣子は川辺にある土器バケツへ魚を入れた。

「川魚は亜里砂以外の人が大半じゃない？　特に最近は」

「それもそうか」

亜里砂は最近、川釣りを殆どしていない。川の魚は楽勝過ぎてつまらないそうだ。なので川魚は他が担当している。主に田中と詩織の仕事だ。

「火影さんはどうしたんですか？」

陽奈子が「えいっ」と土器バケツに魚を入れ、ニコニコ顔で俺を見る。

「篠宮さんじゃなくて火影さんでいいの？」

ニヤニヤして茶化す芽衣子。

「お姉ちゃんしかいないからいいの！」

陽奈子は顔を真っ赤にしながら両手をバタバタ振り回す。

「俺はアルマジロの生態調査だ」

言い方を変えてみた。物は言い様だ。

「生態調査!?　カッコイイです！」

「流石は篠宮君ね」

感心する朝倉姉妹。

俺は「ふふふ」と笑いながら、人差し指で鼻の下をさする。

そんな俺を、アルマジロは胡散臭そうな顔で見つめていた。

「ところで篠宮君、忙しいならいいけど、もしよかったら捌いてもらえない？」

土器バケツの中は魚で溢れていた。

「別にかまわないよ」

「ありがとう、助かるわ」

俺は頷き、アルマジロに向かって言う。

「少しの間そこでジッとしているんだぞ」

アルマジロはぷいっとそっぽを向くものの、おっさん座りで大人しくしている。なんという憎たらしい奴だ。

何故だか陽奈子は「可愛いぃぃぃぃ！」と喜んでいた。

「で、捌く為の道具はあるか？　石包丁でも何でもいいんだが」

「あるわよ――陽奈子」

「これ、使ってください！」

陽奈子が小型のナイフを渡してきた。先日入手した黒曜石で作った代物だ。木の柄が付いていてクオリティが高い。

「これなら楽勝だな」

直ちに魚を捌いていく。

「速ッ！　凄いです！　火影さん！」

「プロの魚屋にも匹敵しそうね」

「三枚おろしなら下手なプロには負けない自信があるぜ」

絵里と亜里砂には劣るが、俺も相当な数の魚を捌いている。

「ま、こんなもんか」

サクッと捌き終えた。

朝倉姉妹が「お見事」と拍手する。

「生態調査をしている時にごめんね」

「なぁに問題ないってこと――って、あいつはどこだ!?」

いつの間にかアルマジロが消えていた。つい先程まですぐ傍にいたのに。影山より影の薄い奴だ。

「いました！　あそこです！」

陽奈子が発見する。

アルマジロは再び森に向かって歩き始めていた。

「わりぃ、俺はあいつを追いかけないといけないから」

「了解、またね」

「頑張ってください！　火影さん！」

「おう」

早歩きでアルマジロとの距離を詰める。

すると、唐突にアルマジロが振り返った。目が合う。

「あっ！」

次の瞬間、アルマジロは走り出した。

今までのテクテク歩きとは違い全力疾走だ。といっても遅い。小走りで追いつける。

だが、俺は追いつこうとしなかった。

（いよいよヤる気なんじゃないか？）

だから俺をまこうとしている。そう考えたら合点がいく。

（そうと決まれば……）

適切な距離を取って尾行しよう。

俺は木に隠れながら移動して、密かに後を追った。

◇

可愛らしく駆けるアルマジロが向かった先は——海だった。

森を抜けて海辺にやってきたのだ。

いつもの場所で亜里砂が海釣りをしていた。あぐらを掻いて、海に向かって釣り糸を垂らしている。

その後ろには何故か吉岡田がいた。座ってタブレットを操作している。

「なぁおい、こんな所に来てどうするつもりだ？」

アルマジロに尋ねる。

その答えは行動で示された。

アルマジロは亜里砂達に近づいていったのだ。

「さぁ来るぞぉ！　吉岡田、準備しろぉ！」

「いつでも大丈夫です！　どうぞ！」

「せーのっ、うりゃー！」

亜里砂が豪快に魚を釣り上げる。

釣り針が外れて宙に舞った魚を、吉岡田が土器バケツでキャッチ。

「よーし！　よくやったぞ吉岡田！」

「ありがとうございます！　どうぞ！」

今日も絶好調の亜里砂と、顔に疲労の色が見え隠れする吉岡田。

「吉岡田を海釣りに連れてくるとは珍しいな」

「おわっ、火影じゃん！」

「こんにちは、どうぞ！」

俺の登場に気づいて振り向く二人。

アルマジロは亜里砂の隣に移動しておっさん座り。

「なんだこのアルマジロ！」

亜里砂が「可愛いじゃん！」とアルマジロの背中を撫でた。

「俺の調査対象だ」

「調査？　なんか凄いことしてるんだねぇ！」

「まぁな」

俺は「それで」と吉岡田に目を向けた。

「吉岡田は何をしているんだ？」

「決まってるじゃん！」

何故か亜里砂が答える。

「自動お魚捌きマシーンを設計させている！」

「そうなのか？」

「だからそんなの無理ですってば！　どうぞ！」

亜里砂は「ニッシッシ」と笑った。

「本当は特に理由なんかないよ。いつもアジトの中にいたら陰キャが加速しちゃうじゃん？　だから連れ出してやったのさ！」

「え、そうだったんですか？　どうぞ？」

「あんた、私が自動お魚捌きマシーンを作ろうとしていると本気で思ってたの？」

「は、はい、亜里砂さんならやりかねないかと……どうぞ」

「私だってそこまでバカじゃねー！」

亜里砂のグリグリ攻撃が吉岡田を襲う。

「うげぇー！　痛いですぅ！　どうぞぉ！」

悲鳴を上げる吉岡田だが、その顔は嬉しそうだ。

「亜里砂は相変わらず優しいな」

「でしょー！」

ふふん、と誇らしげな笑みを浮かべる亜里砂。

「折角だし魚を捌いていこうか？　見たところ土器バケツの中はいっぱいのようだが」

「おねが……いや、大丈夫！　あとで吉岡田にやらせるから！」

「えええ!?　自分ですか!?　どうぞ!?」

「当たり前だろぉ！　なんたって今日のあんたは私の自動お魚捌きマシーンなんだから！」

「ひぇぇぇぇぇぇ！」

なつはつは、という亜里砂の笑い声が海に響いた。

「で、あんたは何をしているのさ？　火影」

「俺はアルマジロの生態調査だ。そこのアルマジロを追い回している」

「そういえばさっき調査対象だとか言っていたね」

「おう」

話しているとアルマジロが移動を始めた。

「じゃ、俺は失礼するよ」

「はいよー、頑張ってなぁ」

「頑張ってください！　どうぞ！」

二人との会話を切り上げて、俺はアルマジロの隣を歩いた。

アルマジロは砂浜を進んでアジトに向かっている。

「なんだかんだで夕方になっちまったな」

夕日が俺達の顔をこれでもかと照らしている。

「今日は交尾しないんだな」

アルマジロは一瞬止まり、こちらを向く。

しかし何も言わず、代わりに大きなアクビをした。

「お前はこれからが活動時間だろ？　なんで眠そうにしているんだよ」

アルマジロは夜行性だ。本来ならこの時間帯に起き始める。

「まぁいい。こんな機会は二度とないから時間の限り付き合ってやる。そうは言っても、あと一時間も残っていないがな」

その後も波の音を聞きながら砂浜を歩き、アジトの傍までやってきた。

アルマジロは進路を微調整して田畑のほうへ向かう。そして、水田に着くと静かに伏せた。

体は田んぼでなく森に向いている。

「結局ここに戻ってきたわけか」

俺はアルマジロの隣に腰を下ろした。

「あ！　篠宮さん！　この影山薄明、偵察任務を遂行したでやんす！　異常はありませんでしたでやんす！」

森から影山がやってきた。

その後ろには竹の籠を背負った花梨と詩織の姿も。

「火影君、そんなところに座ってどうしたの？」

詩織が尋ねてきた。

「俺はアルマジロの生態調査をしていてな」

「生態調査？　なんだか凄そうね」

皆と同じ反応をする詩織。

その隣にいる花梨は、目を細めてジーッと見てきた。

「本当はアルマジロの交尾を見ようとしていただけでしょ？　後をつけて」

「ぐっ……」

「なーんだ、そういうことだったの。火影君も見栄っ張りなところあるんだなぁ」

「お、俺のことはいい！　それより二人は何をしていたんだ？」

これには花梨が答えた。

「私らは高橋が食べるウサギを捕ってきたの」

ほら、と籠の中を見せてくれる。

二人の籠には大量の野ウサギが入っていた。もちろん解体済みの状態で。

「じゃ、私らは先に戻ってるね」

「僕も戻るでやんす！　もうクタクタでやんす！」

三人は談笑しながら去っていく。

それを見送ると、アルマジロは就寝モードに突入した。地面に潜り、仰向けになる。相変わらず四肢が地中から出ていて不気味だ。

「何時間も尾行した結果がただの散歩とはな」

やれやれ、とため息をつく。

しかしその時、俺は気づいた。

アルマジロと散歩したおかげで全員と話せたことに。

一日に全員の行動を確認したり話したりする機会は滅多にない。特に休日は。

「もしかしてお前、皆の様子を見る為に散歩をしていたのか？」

アルマジロは答えない。

その代わり、地面から出ている前肢が頷くように動いた――気がした。

【水車小屋の悲劇】

翌日の昼過ぎ、俺は詩織に髪を切ってもらっていた。

ハサミのチョキチョキ音と波のさざめきが心地よい。パラパラと砂浜に降り注ぐ髪の毛は鬱陶しかった。

いよいよカットが終わろうかという時、詩織が訊いてきた。

「今日はこれから何をする予定？」

定番の質問だな、と思いつつ俺は答えた。

「水車小屋の様子を見に行くつもりだ」

「水車の？　貝殻の補充や粉の回収なら私が行ったよ？　今日の朝」

「点検に行くんだ。水車小屋を建ててからもうじき一ヶ月になる。ガタが来ているようなら修理しておこうと思ってな」

「私が見た感じ大丈夫そうだったけどね」

「俺も大丈夫だと思うけどな。特に予定もないしちょうどいいかなと」

「そういうことなら私も付き合っていい？　暇なんだよね」

「もちろん」

「ありがと」

詩織は俺の体に付着している毛を払い落とし、背後から耳元で「終わったよ」と囁いた。

彼女の息が耳にかかり、ペニスが「おっ、出番か？」と反応する。

俺は息子に「違うぞ」と念じて落ち着かせ、それから立ち上がった。

「ありがとう、さっぱりしたよ」

「そんなに切ってないけどね。喜んでもらえてよかった。シザーケースを置きに戻りたいんだけどいいかな？」

「オーケー」

俺達は並んでアジトへ向かう。

俺は歩きながら、空の様子を確認した。

今日も申し分のない快晴だ。本当に雨の少ない島である。

「いてっ！」

「どうしたの!?」

「失礼、カットした髪が目に入った」

「間抜けだなぁ」

詩織が声に出して笑った。

◇

現在、俺達が保有している水車小屋は三軒。

その内の一軒に詩織とやってきた。

「止めるぞー」

羽根車の傍にあるレバーを掴む。

「それ私がやってもいい？」

「別にいいけど」

「やった！」

「こんなのがしたいなんて変わっているな」

「あれだよ、学校にある非常ボタンみたいな感じ。押せる機会があるなら押したいじゃん？」

「滅多に押せないもんな」

「そうそう！　このレバーも普段は操作できないでしょ？」

「たしかに」

「そんなわけだから！」

詩織がレバーを動かした。

木の板がストンと降りて、羽根車に流れ込む川を阻んだ。

動力源の水が来なくなったことで水車が停止する。

「よし、完全に止まったな」

水車の状態を確認していく。

詩織は小屋の外に出て俺の様子を眺めている。

何も言わずに大人しい……と思いきや。

「異常はありましたか！」

芝居がかった口調で何やら言い出した。

だから俺も彼女の口調に合わせて返す。

「いえ！　特に問題ありません！」

ついでに振り向いて敬礼しておいた。

「あはは、何その話し方」

「詩織の真似をしたんだが。何だったら吉岡田みたいに『どうぞ！』も付けるか？」

「火影君がやったら面白すぎるからやめて」

愉快気な笑い声が静かな森に響く。

そんなこんなで確認作業は終了した。

「天候も穏やかだったし、一ヶ月程度じゃ何も変わらず綺麗なものだな」

「だねー」

レバーを動かして木の板を上げる。

羽根車が回転し始めたのを確認してから別の水車小屋へ移った。

◇

残りの水車小屋も調べたが、異常は見られなかった。

「お疲れ様、火影君」

「おう」

小屋の傍で一休み。

川辺に並んで座り、結構な勢いで流れる川を眺める。

「水車小屋の点検が終わったけど、火影君はこの後どうするの？」

体内時計は十五時三十分を告げていた。

「うーん、特に何もねぇな！」

「えー」と笑う詩織。

「詩織は何かしたいことないのか？　あるなら手伝うぜ」

「私はもうしているからね、したいこと」

「というと？」

「皆の人気者、頼れるリーダーの火影君を独占したかったの」

「はは、人気者なら今頃は誘われまくっているさ」

「だから普段は誰かしらと一緒にいるじゃん？」

俺の左手の甲に、詩織の手がそっと置かれる。

「そんなことないと思うけどな。昨日も一人でアルマジロと過ごしていたぞ」

まぁそんな時もあるけどね、と詩織は流した。それから、「じゃあさ」と話を進める。

「何かするんじゃなくて雑談しない？　ここで」

「俺はかまわないけど、詩織は退屈しないか？　俺、話すの下手だぜ？」

「大丈夫だよ。美容師のテクニックでずばずば聞き出すから」

「それは頼もしい。ではカリスマ美容師さん、よろしく」

詩織は「ふふ」と笑い、俺の手を撫でた。

「とりあえず繋ごっか、手」

「いいよ。でも、手を繋ぐのが雑談に関係あるのか？」

「ないよ、私が繋ぎたいだけ」

互いの指が絡まっていく。

「じゃあ質問ね」

詩織が繋いだ手をぎゅっとした。

「火影君はサバイバルが好きだよね？」

「大好きだ」

「どうして好きになったの？　きっかけは？」

「きっかけかぁ」

目を瞑り、記憶を遡っていく。

「たしか小学一年か二年、もしくは幼稚園の頃だ」

「そんなに前から好きなの!?」

「まぁな。テレビでサバイバル番組を観て『カッケェ』って思ったんだ」

「サバイバル番組って？　どんなの？」

「無人島で生活するやつさ。といっても、ガチのサバイバルじゃないぜ。バラエティー番組の企画でさ、芸能人がスタッフを引き連れて無人島でサバイバルごっこするだけだ」

「あー、今でもたまにあるね、そういうの。面白かったの？」

「当時はな。今にして思うとふざけた内容だよ。色々と脚色されていてさ、本当のサバイバルからはほど遠いお遊びさ。典型的でありきたりなバラエティー番組だった」

「でも、当時の火影君にはそれがガチのサバイバルに見えたんだよね」

「そうそう、なんかすげーなって。ペットボトルの濾過装置で飲み水を作るシーンがあったんだけど、幼少期の俺にはそれが魔法や手品のように見えたんだ」

「可愛いなぁ、その頃の火影君」

「少年だったからな」

フリーの右手で小石を掴み、川に向かって投げる。水切りを狙うものの、初っ端から可愛らしい音を立てて川の中に消えた。

素知らぬ顔でいたが、詩織に「ヘタクソ」と笑われた。

「じゃあ次は初恋の人について教えてよ」

「初恋かぁ」

「いつ好きになったとか、どんな子だったとか」

うーん、と考え込む。

「いないかも、そんな人」

「いないの？　本当に？」

「サバイバル馬鹿だからなぁ、俺。小学三年の頃には既に木登りの練習をしていたんだぜ、無人島で過ごす日に備えて」

「すごっ！　それだったらいなくても不思議じゃないか」

「逆に訊くけど詩織はいないの？　初恋の人」

詩織は迷わずに「いたよ」と答えた。

それが当然の回答だというのに、俺は何故だか驚いた。

「ど、どんな奴？」

「同じ幼稚園に通っていた桜屋敷君」

「桜屋敷？　変わった苗字だな」

「だよね」

「で、その桜屋敷君のどこに惚れたんだ？」

「初対面の時にね、開口一番こう言われたの『一目見てピンッと来た。お前は俺の嫁になる女だ！　俺についてこい、幸せにしてやる！』って」

「えらく男気に溢れたセリフを言うな、桜屋敷少年」

「私もそう思って惚れたんだけど、実は……」

「実は？」

「このセリフ、その時に流行っていたドラマのセリフだったんだよね。桜屋敷君のオリジナルじゃなくてさ」

おいおい、と苦笑いの俺。

「しかも桜屋敷君、全員に言ってたからね。たぶん『嫁』って言葉の意味を知らなかったんだと思う。女だけじゃなくて、男やペットの犬にまで言っていたし」

「ダメダメじゃねぇか、桜屋敷」

「だから私も冷めちゃってね、初恋は三時間くらいで終わったよ」

「なんとも悲しい初恋だ」

「今じゃ話のネタに使わせてもらっているからいいんだけどね」

「桜屋敷に感謝だな」

「あはは、そうだね」

俺達は川を眺めながら笑い合う。

ほどなくして詩織が立ち上がった。

「雑談はこのくらいにして、そろそろ小屋に入ろっか」

「小屋に？　なんで？」

「なんでだと思う？」

小悪魔的な笑みを浮かべる詩織。

それで分かった。気持ちいいことをしてくれるのだ、と。

「分からないけど入ろう！　水車小屋に！　何故だかさっぱり分からないけど！」

「火影君は分かりやすいなぁ」

俺達は水車小屋に入った。

小屋の中は狭くて、座るだけのスペースすらない。

だから俺は仁王立ちしたままだ。

詩織は目の前で膝を突くと、俺のズボンに手を掛けた。

「あとで私のことも気持ちよくしてね？」

「任せろ。今日はいつもより激しくしてやるよ」

「おー、怖い怖い、ドSな火影君にいじめられちゃう」

パンツも下ろされて、臨戦態勢のペニスが姿を現した。

「もう大きくなってるね？」

「硬さはまだまだだけどな」

「硬くしてあげないとね」

詩織がパクッとペニスを咥えた。

巧みな舌使いによって、カリにかかっていた皮が剥かれていく。

（まずは口に、いや、顔にたっぷりぶっかけてやるか）

詩織の頭を撫でながら、この後のプランを考える。

――と、その時だった。

ガラガラと派手な音を立てて小屋の扉が開いたのだ。

「な、なっ……」

扉を開けた男が、俺達を見て愕然としている。

その男とは、マッスル高橋だった。

ペニスを咥えたまま固まる詩織。その顔は恥ずかしさから真っ赤に染まっていた。

「何をしているでマッスル!?」

「何って、お前、そりゃ……」

俺は詩織を一瞥した後、マッスル高橋を見た。

そして、可能な限り平静を装って言う。

「見て分からないか？」

「分かるでマッスル！」

マッスル高橋は体を震わせながら後ずさる。

「篠宮さん！　詩織さん！　場所を弁えるでマッスル！」

「い、いや、弁えたから俺達はここでだな……」

「アジトの奥とか、人目に付かない場所は他にあるでマッスル！」

「それは……その……仰る通りです……」

反論の余地はなかった。

「今回のことは見なかったことにするでマッスル！　記憶からも消去するでマッスル！　だから今後はもう少し節度を持って、他の人に迷惑がかからないよう気を配るでマッスル！　分かったでマッスル!?」

「はい……」

「ごめんなさい……」

俺と詩織はペコリと頭を下げた。

「それでは自分は失礼するでマッスル！　気をつけてくださいでマッスル！　本当にもう！　酷いでマッスル！」

マッスル高橋はフガフガと鼻息を荒くして大股で去っていく。

彼が消えた後、俺は苦笑いで呟いた。

「見られたな」

「だね……」

ペニスはすっかり萎れていた。

「今日はもう終わりにするか」

「うん……」

詩織は立ち上がり、手の甲で口を拭く。

俺はパンツとズボンを上げて、大きく息を吐いた。

「高橋の言う通り、今後は節度を持ってバレないようにしないとな」

「そうだね、バレたら迷惑がかかるもんね。悪いことしちゃった」

反省する俺達。

ただし、反省するだけで場所を弁えるつもりはなかった。

【竹と筍】

それは火曜日のこと――。

「オシャレな料理を作りたいんだけど何かないかな？」

もうじき昼食が始まろうかという時に、絵里が訊いてきた。

「訊く相手を間違っているだろう。オシャレとは無縁の男だぞ、俺は」

「そうだけど」

と認めつつ、絵里は続ける。

「火影君、珍しい料理に詳しいじゃん！」

「そんなことないけどなぁ」

「いや、あるよ！」

「いや、ないけどなぁ」

「とにかく！　何か知らないかな？　ほら、この前のラウラウみたいに！」

「そうは言ってもなぁ……。料理のレパートリーは既に十分だと思うけど」

絵里は、ううん、と首を振った。飽くなき探究心だ。

「じゃあ逆に訊くけど、オシャレってなんだ？」

「え、何その哲学的な質問」

プッと吹き出す絵里。

「俺からすれば、絵里の料理は十分にオシャレだと思うよ。でも、絵里にはオシャレさが足りなく感じるんだろ？　だから、絵里の思うオシャレってどういうのか教えてほしいんだ」

「んー、ＳＮＳ映えするのがオシャレかな」

「そういうことか。だったら、たしかに絵里の料理はオシャレさに欠けているかもな」

「でしょー」

彼女の料理は垂涎ものの見た目をしているが、ＳＮＳ映えするような派手さはない。

「レモンを上手く使えたらもっと映える気がするの」

絵里は食材の入った土器バケツの中からレモンを取り出した。ほんの数十分前に田中が採ってきたものだ。

「既に使いこなしているだろ。輪切りにして載せてさ。あれじゃダメなの？」

「ダメというか、料理と合ってないんだよね。ただ載せてるだけでしょ？」

「まぁそうだな。彩りを良くする為だけに使っている」

「それは嫌なんだよね。レモンが可哀想」

レモンが可哀想ってなんだよ、と思いつつ「なるほど」とだけ言う。

「すると絵里は、レモンを活かしたオシャレな料理が作りたいんだな？」

「そう！　そういうこと！　助けて、火影君！」

絵里は小さな体を目一杯に伸ばして俺を見る。

「うーん、難しいなぁ」

「火影君でも難しいんだ……」

「オシャレな料理というのがよく分からなくてな。絵里がどういう物を求めているかは分かってたんだけどさ、パッとアイデアが浮かばないんだよね」

「じゃあ、試しにSNS映えする料理を見たら？　何か閃くんじゃない？」と、背後からやってきたのは花梨だ。

彼女はスマホを取り出し、凄まじい速度で操作する。

「今までに撮ったオシャレな料理の写真をまとめておいたから参考にして」

「おお！　サンキュー花梨！」

俺はスマホを受け取り、おぼつかない操作で写真を見ていく。

「なるほど、これがSNS映えする料理というものか」

「どう？　何か閃いた!?」

鼻息を荒くしてぴょこぴょこ跳ねる絵里。

「いやぁ、申し訳ないが……って、ん？　待てよ」

ある写真を見た時、俺の手が止まった。

それは何の変哲も無いステーキだ。焼いた肉をただ器に載せただけ。他の料理と違って、肉に金粉が掛かっている等の演出もない。

「この料理はどこがＳＮＳ映えなんだ？　普通の肉に見えるが」

花梨に尋ねる。

「器が面白いのよ」

たしかに器は不思議な形をしていた。有名な童話に出てくる小動物達が二足立ちしていて、前肢でお皿を持っている。肉はその皿に置かれていた。

俺は「食べにくそう」と思ったが、絵里や花梨には「オシャレ」に感じるようだ。

「ＳＮＳ映えする料理って、別に料理自体がオシャレじゃなくてもいいんだな」

「そうだね」

花梨の隣で、絵里も「うんうん」と頷いている。

なるほど、よく分かった。

「絵里、そこそこオシャレな料理を閃いたぞ」

「ほんと!?」

「料理自体は普通だが、器が変わっているんだ」

「器が？　いつもと違う物を使うの？」

「その通り」

「なになに？　何を使うの？」

俺はしたり顔で答えた。

「竹筒さ」

◇

絵里に提案した料理の器を手に入れるべく、昼食が終わると竹林に向かった。

同行者は天音と芽衣子。

天音には竹の伐採を手伝ってもらう。竹材を集めるなら彼女の手刀は必須だ。

芽衣子は「新しく作った靴の試し履き兼息抜き」という名目でついてきた。

俺と芽衣子は運搬係なので、互いに竹の籠を背負っている。

「この島にはいくつかの地点に竹林があるのだが、場所によって竹の種類が異なるんだ。それほど大きくない島なのに不思議なもんだよ」

「そもそも竹に種類があることを初めて知ったよ」と芽衣子。

その隣を歩いている天音は、無表情で周囲を警戒している。

「ま、アジトに持ち帰る竹はいつも此処のだからな」

目の前に広がる竹林に手を向ける。

「真竹（まだけ）って名だ」

「こんなに立派だったんだね。上が見えないくらい高いよ」

「稈（かん）の長さは約二十メートル。直径も約十五センチと太い」

「長くて太いわけね」

芽衣子がチラリとこちらを見る。

「他の竹もこんな感じなの？」

「種類によるよ。真竹は大きなタイプさ。だから本来なら伐採も一苦労なんだけど……」

俺は天音に向かって一言。

「頼む」

「承知した」

ここまで黙っていた天音が動き出す。

手刀一閃、真竹はいとも容易（たやす）く伐採された。

「流石だぜ、天音」

ふっ、とクールぶる天音。ドヤ顔が隠しきれていない。

「このくらいのサイズで頼む、全員分だ」

手でおおよその大きさを指定した。

「任せろ」

天音は伐採した竹を細かくカットしていく。この作業も当然のように手刀だ。

真竹は大きい為、一本を分割するだけで全員分の器が手に入った。

「私の作業はこれで終わりか？」

「そうだ、ありがとうな」

「では失礼する」

天音は零斗チームの偵察へ向かった。

「真竹って竹細工に向いているの？」

芽衣子は地面に散乱している竹筒を拾い、俺の籠に入れていく。

「そうだな、真竹は加工しやすい。俺達の背負っている籠もだけど、竹で何かを作るなら真竹が定番だ」

「優秀なんだね。欠点はないの？　他の竹に比べてここが微妙、みたいなの」

「欠点って程でもないけど、真竹の筍は食用には向いていない」

えっ、と驚く芽衣子。

「今回は料理に使うんだよね？　それって大丈夫なの？」

「食材としてではなく器として使うから問題ないよ。だから筍でなく竹を調達している」

「なるほどね」

全ての竹筒を回収した。俺の籠だけで収まったので、芽衣子の籠は不要だった。

「半分、私が持とうか？」

「大丈夫だ、それほど重くないし」

「でも私の籠だけ空っぽっていうのはちょっと」と笑う芽衣子。

「だったら筍も採りに行くか。筍の旬は種類によって異なるんだけど、ちょうど今が旬の美味い筍がある。場所もそれほど遠くないし、ついでに持って帰れば絵里も喜ぶだろう」

「いいね、そうしよう」

　ということで、俺達は別の竹林へ向かった。

◇

「筍って夏の季語なんだぜ。日本の定番である孟宗竹（もうそうちく）の筍は春が旬なのに」

「へぇ、何でなの？」

「さぁ？　何でなんだろうな。俳句を考えた奴の気分とか？」

「流石の篠宮君も俳句は専門外なんだね」

「俳句を詠むような高尚な男には見えないだろ？　俺」

「あはは」

　そんなわけでやってきたのは孟宗竹――ではなく、四方竹（しほうちく）の竹林だ。

　四方竹は高さ約五メートルの直径約四センチと、孟宗竹や真竹に比べて小さい。

　筍は細長い棒状で、日本では高知県の特産物になっている。

「この竹、稈が丸くないんだね？」

芽衣子が気づいた。四方竹の最大の特徴に。

「稈が四角形だから四方竹っていうんだ」

竹の種類はたくさんあるけれど、稈が丸くないのは四方竹くらいだ。

「味はどうなの？　孟宗竹だっけ、一般的な筍って。あれより美味しい？」

「旬の時期が違うから純粋な比較は難しいな。でも、孟宗竹に劣らない美味さはあるよ」

いよいよ筍採りの始まりだ。

「今気づいたけど、どうやって穴を掘るの？　道具は持ってきていないよね」

「問題ない」

俺は筍の先端を掴んだ。

「四方竹の筍を採るのに穴を掘る必要はないからな」

「え、じゃあ、どうやるの？」

「折るんだよ」

握っている筍を地面に向かって曲げていく。

ポキッと小気味いい音を立てて折れた。

「こんな感じだ」

「筍の種類によって採り方まで変わるんだね」

「なかなか奥が深いだろ？」

芽衣子は頷き、俺の見様見真似で筍を折る。

「これ楽しいかも」

「簡単に折れるし、音がいいんだよな」

「そうそう。ストレス発散になりそう」

「四方竹の筍は採れる時期が短いから、今回は多めに採っておこう」

俺達は手当たり次第に筍をいただいていく。

ほどなくして、芽衣子の籠がいっぱいになった。

「少し採りすぎちゃった？」

「大丈夫だろう。絵里なら色々な筍料理を考案するさ。それより重くないか？　なんだったら俺が持つけど」

「平気だよ、重いけどね」

「無理しないでくれよ。芽衣子は手芸班のリーダーなんだからな」

「それを言うなら篠宮君なんて皆のリーダーでしょ。私の分まで持ったら筋肉痛で動けなくなっちゃうよ」

「だが、俺は倒れても問題ない」

「私だって陽奈子やソフィアがいるから倒れても大丈夫だけど？」

「そう言われると……反論できないな。よし、俺の負けだ！」

「ふふ、勝っちゃった」

帰路に就く俺達。

しかし、少し歩いたところで問題が発生した。

芽衣子の背負っている籠の肩紐が切れたのだ。日々の使用で劣化していたのだろう。

その反動で芽衣子の体が大きく横に揺れ、籠の中の筍が地面にばら撒かれてしまう。

「ごめん、紐が……」

「気にするな。それより怪我はないか？」

「うん、ないよ」

「ならよかった。とりあえず筍を籠に戻そう。肩紐についてはそれから考えればいい」

俺達は手分けして筍を集めていく。なまじ調子に乗って採りまくったので苦労した。

(あれを拾ったら終わりだな)

最後の筍に手を伸ばす。

すると――。

「「あっ」」

芽衣子の手と当たった。

彼女は何も言わずにジッとこっちを見つめる。

妙な空気が漂う――と、思いきや、芽衣子はクスクスと笑い出した。

「なんだか恋愛ドラマみたいな展開だね」

「たしかに」と俺も笑う。

「恋愛ドラマだったら……このあと、キスするよね？」

「そ、そうだな」

芽衣子の顔がポッと赤くなる。

空気が、変わった。

芽衣子は目を閉じ、唇をこちらに向ける。

流石の俺でも、彼女がキスをねだっていることくらい分かった。

なので、何も言わずに唇を重ねる。静かに、そっと。

雰囲気がいつもと違うからか、ただのキスなのに息子が目を覚ます。

急速に性欲が滾(たぎ)り始めた。

「海外ドラマだったら……キスだけじゃ終わらないよな？」

今度は俺から誘う。

芽衣子は「そうね」と笑い、俺の手を掴んだ。

そしてその手を自分の胸に当てる。

俺の誘いを、彼女は承諾した。

再びキスを交わす。その最中に芽衣子の胸を揉んだ。

「はっ……ぅ……」

芽衣子が小さく喘いだ。

俺は手を止めて、彼女の目を見た。

「そこらに生えている筍が邪魔で横になれないから洞窟に行こう。篠宮洞窟が近い」

「……うん」

時間に余裕があるので、ほんの少し作業をサボらせてもらうことにした。

【芽衣子と篠宮洞窟】

篠宮洞窟に着くなり芽衣子に服を脱がされた。背後から体を密着させて、淫らな手つきでゆっくりと。焦れったさが性欲を刺激する。

全裸にされると、今度は寝かされた。彼女のすらりとした指に押されて、あれよあれよという間に仰向けだ。岩肌の冷たさは心地いいの範疇を超えていたが、これから激しい運動をするので気にならなかった。

「俺も服を脱がせたいのだが」

芽衣子は小さく笑った後、「ダメ」と言って俺の右隣に体を倒す。

「篠宮君には後でたっぷり頑張ってもらうから」

彼女は制服を着たまま、俺の乳首を舐め始めた。いつも俺がするみたいに、舌先で転がすように舐めてくる。さらに右手でペニスを扱く。

「おお……これはこれは……」

「気持ちいい？」

れろれろと舐めながら俺を見る芽衣子。目つきも手つきもエロくて素晴らしい。

「最高だよ」

肉体的というより精神的な快感が強い。淫らなご奉仕をする制服姿の芽衣子を見ていると、それだけで感度が倍増する。

緩い力で扱かれているのに、ペニスはガチガチになっていた。

「このくらい大きくなれば十分かな」

芽衣子は体を下に移動させてペニスを咥えた。唾液をたっぷり絡めて、ジュポジュポと音を立てる。

「あー、それ、すげぇいい」

快楽にどっぷりと沈んでいく。

このまま挨拶代わりに口の中へ射精しようか。

などと思った瞬間、フェラが終わった。

ペニスを唾液まみれにするのが目的だったようだ。

「気持ちよくなっていたのにごめんね？」

芽衣子は妖艶な笑みを浮かべて立ち上がり、靴とソックス、さらにパンツも脱いだ。

そして俺に跨がり、おもむろに腰を下ろす。

「おい待て、生でヤる気じゃないだろうな？」

「しないよ。妊娠したらダメでしょ？　ちゃんと使うから、コレ」

芽衣子が懐からコンドームを取り出す。事前に渡しておいた物だ。

「分かっているならいい」

「じゃあ、続けるね？」

再び芽衣子の腰が下がってきて、いよいよ膣とペニスが当たる。

そのまま挿入――とはならなかった。

彼女はペニスの裏筋に膣を擦りつけて、腰を前後に動かし始めたのだ。

「あっ……はっ……」

芽衣子が手のひらで口を押さえながら喘ぐ。

薄らと湿っていた膣から愛液が溢れ出した。

「これで私のほうも準備できた」

芽衣子は避妊具を開封し、「着けてあげるね」と微笑んだ。

にゅるにゅるのペニスをゴムが包み込んでいく。

「なんだか今日の芽衣子は淫乱極まりないな」

「実は読んだんだよね」

「読んだって？」

「エッチな漫画」

「えっ」

「吉岡田のタブレットに入っていたの」

「まじで？　エロ漫画なんてフォルダは無かったはずだけど」

「哲学フォルダの中にタイトルを偽って隠していたよ」

「よく見つけたな……」

「偶然だよ。でね、その本で勉強したから」

「エロ漫画のテクニックってわけか」

「三次元に活かせるかは分からなかったけど、気に入ってもらえているようね」

ついに挿入の時がやってきた。

ここでも俺は大の字に寝たままで、主導権は彼女が握っている。吉岡田のエロ漫画だと、男は基本的に受け身のようだ。

そそり立つペニスを握り、自らの膣に収めていく芽衣子。

にゅるりと膣口を通ったペニスが、ゆっくりと奥へ誘(いざな)われていく。

「来たぁ……」

ペニスが最奥部に到達すると、芽衣子は恍惚とした表情で声を漏らした。子宮に亀頭を押しつけた状態で、腰をグネグネと動かし始める。

「んっ……はっ……んぁ……」

さながらＡＶのようなエロい動きだ。制服を着たままというのがいい。

しかし、刺激が弱い。

「もっと激しく、できれば縦に腰を振ってほしいな――こんなふうに！」

俺は腰を浮かせてペニスを突き上げた。

亀頭がこれでもかと子宮を押し込む。

芽衣子の体がビクンッと跳ねた。

「ああああああああっ！」

艶めかしい嬌声が洞窟内に響く。

俺の性なるスイッチがオンになった。

こうなると止まらない。エロ漫画みたいに受け身でいる時間はおしまいだ。

「もっとだ、もっと喘げ！」

寝そべった状態で腰を振る。

芽衣子は体を前に傾け、俺の両脇の下に手を突いて、腰を上下に動かした。

性器がぶつかり、パンッパンッと弾ける音がする。

俺が激しく突き上げるものだから、芽衣子の腰はトランポリンの上にいるかの如く跳ねた。

「んぁ！　ああっ！　あっ！　篠宮君っ！　あああああっ！」

開きっぱなしの芽衣子の口から唾液が飛ぶ。

「挿入部が見えないからスカートを捲り上げろ」

「ああっ！　は、はいっ！　ふぁ！」

芽衣子は体の角度を調整し、言われた通りにスカートを両手で掴んだ。

愛液でテカテカしているペニスが見え隠れする。かつてない淫らな光景だ。

「ああっ、いぐっ、らぁぁ」

芽衣子は俺の両手首を掴み、背中を反らせてバランスを維持する。スカートを掴む余裕はなく、腰を振る気力も残っていないようだ。

だから俺がガンガン突く。一回、二回、三回……何回も何回も子宮を刺激する。

「いいぞ、そのままの姿勢を維持しろ。おい、返事はどうした」

「振ります！　腰、腰ィ！　いぃぃ！」

もはや芽衣子は言いなりだ。性に溺れきっている。

「やぁ、も、もう、だめぇっ！」

芽衣子は天を仰ぎながら絶頂に達した。体をプルプル震わせて、そのままこちらに倒れ込んでくる。力の入っていない腕を俺の首に絡めてきた。

俺は彼女の背中に右腕を回し、左手で頭を撫でる。

「盛大にイッたな」

そして――。

「だが、俺はまだイッていない」

くるりとポジション交代。

芽衣子を仰向けにさせて、今度は俺が跨がる。

「ま、待って、篠宮君、私、今は――ああああああああっ！」

俺は何も言わずにペニスを挿入した。

ビジュアル特化の騎乗位を終えて、肉体的な刺激を重視した正常位へ。

「汗で湿気ったら大変だからな」

腰を振りながら、芽衣子の服を脱がせる。

手間取りそうな気がしたのでスカートは穿かせたままにした。

「あああっ！　ら、らめっ、んっ、ひぐぅ！　いいっ！　いいぃ！」

骨の髄まで芽衣子の体を堪能する。耳や首筋、乳首に舌を這わせつつ、緩急をつけたピストンで刺激を与え続けた。

芽衣子がイッた回数は優に十回を超えている。何度も何度も、数え切れない程イッた。俺の背中に爪を食い込ませて、恥じらいを捨てて絶頂に達している。

おかげで俺の背中は傷だらけだが、それは彼女が快楽に染まった証拠なので気にしない。

「俺も、そろそろ、イキそうだ」

「いいよ、イッて、篠宮君！」

イキすぎて痙攣している膣が、最後の力でギュッと締まる。気持ちよさが上がった。

「そのまま力を入れ続けてて」

オーバーヒートしているペニスに鞭を打つ。

パンパンに膨らんだペニスが「もう限界だ」と悲鳴を上げた。

熱々の精液が駆け巡る感覚に襲われる。

「イク！」

俺は膣からペニスを抜き、光の速さで避妊具を外した。

芽衣子は俺がしたいことを察して口を開ける。

「ウッ……！」

大量の精液が芽衣子の口の中へ放出された。凄まじい勢いだ。

あっという間に彼女の口が精液のプールと化した。唾液が混じっていないのに溢れ出しそうだ。

「まだ飲むなよ、口は開けたままだ」

「んぐっ！　ぐぐぅ！」

芽衣子は驚き、何やら言おうとしている。

俺は耳を貸さず、ただ静かに芽衣子の顔を眺めた。

「まだだぞ、まだ飲むなよ。もっとよく見せろ」

おもむろに芽衣子の頭を撫でる。

艶やかな長い黒髪は微かに汗ばんでいた。

たっぷり焦らして満足したので、俺は笑みを浮かべて言う。

「よし、いいぞ」

芽衣子は目と口を閉じ、右手で口を隠す。

ゴクッ。

精液を飲み込んだ音が洞窟内に響いた。

「見せてみろ」

「んぁ」

再び口を開ける芽衣子。

溜まっていた精液が消えていた。

偉そうに「よろしい」と頷く俺。

しかし、エチエチタイムはまだ終わらない。

彼女を座らせて、ペニスを咥えさせた。お掃除の時間だ。

「んっ、んぐっ、んっ……」

ヘトヘトになりながらも、芽衣子はフェラを頑張った。口の中でペニスを舐め回し、精液の残滓を搾り取りつつ、全体を綺麗にする。

「いいよ芽衣子、すごくいい」

芽衣子の頭を右手で撫でる。

お掃除フェラをさせることで、俺の心は完全に満たされた。

【映える料理】

芽衣子はすぐにへばったが、俺はそうでもない。体力的には五回戦までノンストップで連戦することもできた。ただ時間や避妊具の都合でそういうわけにもいかず、ピロートークの後は帰ることにした。

籠の修理も忘れない。適当な蔓でその場しのぎの肩紐を作った。

「帰ってきたでござるよ！」

「おかえりー二人とも！」

アジトでは絵里と田中、それに手芸班の陽奈子とソフィアがいた。

「遅かったから心配したよー」と絵里。

「ついでに筍の採取にも行っていたからな。四方竹って種類でな、この時期が旬の筍なんだ」

「へぇ！　筍にも種類があるんだね！　ありがとー、火影君！　気が利くね！」

「で、見ての通り肩紐が切れちゃってね。修理していたから遅くなったの」と芽衣子。

絵里と田中は「なるほど」と納得する。

一方――。

「肩紐が切れたとはいえ遅すぎる気が……」

「お姉ちゃん、怪しい……」

手芸班の二人は怪訝そうに芽衣子を見る。

その視線に気づいた芽衣子は、意味深な笑みを浮かべた。

そして――。

「篠宮君、今日は楽しかったわ。またよろしくね」

俺の頬に軽くキスしてきた。

「わお」と、両手を口に当てて驚く絵里。

「なっ……」と絶句するソフィア。

「ひぃぃぃぃぃやぁぁあああ！」

陽奈子は絶叫した。

「どうしたの？　芽衣子。な、なんだか大胆じゃない？　そそ、そういうキャラだっけ？」

絵里が上ずった声で尋ねる。

「新しい靴がいい感じだから機嫌が良くてね。ちょっと皆を驚かせようかと思ったの。特に妹の驚いた顔が見たくて。どうやら大成功だったようね」

「あはは、たしかに驚いたよー。陽奈子は私以上にびっくりしていたね」

田中も「そうでござったかぁ」と納得している。

陽奈子は獣のような唸り声を上げながら芽衣子を睨んでいた。

「ふふ、じゃあ、私は作業に戻るわね」

「うん！　ありがとね！」

芽衣子は籠をその場に置き、手芸班の作業スペースに向かう。

陽奈子とソフィアは愕然としていて焦点が定まっていない。

そんな二人を無視して、芽衣子は何食わぬ顔で作業を始めた。

「で、火影君はどんな料理を教えてくれるのかな？　かな!?」

絵里の興味が俺に向く。

「宮崎県の郷土料理に『かっぽ鶏』というのがあるけど知っているか？」

「ううん、知らない！」

「竹筒の側面をくり抜いて、中に鶏肉や椎茸などの食材を入れて火に掛ける料理だ」

「なにそれ！　美味しそう！」

「美味しいよ。たぶんSNS映えするはずだ」

「絶対に映える！　あ、でも、ウチに鶏肉はないよ？」

「そこはアレンジさ。イノシシの肉でも使えばいい。他の具材も適当でいいだろう」

「それもそうだね！　鶏肉が入っていないのにかっぽ鶏って名前なのはおかしいけど」

「だったら『かっぽ料理』と呼ぶのはどうだ？」

「いいね！　かっぽ料理！」

早速、かっぽ料理を作っていくことにした。

具材の選択や調理は絵里に任せるとして、俺は竹筒の側面をくり抜いていく。

ここで活躍するのが愛用のサバイバルナイフだ。滑らないよう足で固定しつつ、慎重に刃先を通していく。

田中は俺の作業を眺めていた。

「篠宮殿、えらく手慣れているでござるな？」

「竹筒を器として使うのはアウトドアの定番だからな。それに竹はサバイバルでも使う」

「サバイバルでなくアウトドアの定番でござるか？」

「アウトドアというか、厳密にはキャンピングのことなんだけどな。炊飯に使うんだ。くり抜いた竹筒に米を入れて炊く感じ。記憶が正しければ『竹飯盒』などと呼ばれていたはずだ」

「知らなかったでござる」

「サバイバルでは使わないの？」

訊いてきたのは絵里だ。こちらに背を向けて、食材の入った土器バケツを漁っている。

「サバイバルでも使うけど、料理で使うことは滅多にないかな。使うとしたら水の煮沸だ。側面をくり抜かずに水を入れて火に掛ける。竹は熱に強いからな」

俺は「それより」と話を打ち切り、指を鳴らして絵里を振り向かせた。

「終わったぜ」

全員分の竹筒をくり抜いた。

「早ッ！　まだ数分しか経っていないよ!?」

「これでもサバイバルマンを自称する男だからな。サバイバルで役立つ竹は完璧に扱えて当たり前なんだ」

「凄いなぁ！」

「絵里のほうはどうだ？　食材は選んだのか？」

「大体はね」

絵里が「こんな感じ」と紹介してくれる。

イノシシの肉をベースに、野菜や魚、あとはキノコもいくつか。

「もちろん火影君達が採ってきてくれた筍も入れるよ！」

「それらの上にスライスしたレモンを載せて熱したら完成だな。レモンの爽やかさが香るかっぽ料理になるぜ」

「あーそうだった！　レモンを忘れてた！」

「おいおい、レモンを活かしたオシャレな料理が今回のテーマだろ」

俺は苦笑いで言った。

絵里は「ごめんごめん」と舌を出して照れ笑い。

「とにかく！　かっぽ料理を作っていくね！」

「おう」

そこからは絵里の独擅場だった。目にもとまらぬ速さで食材を刻み、竹筒の中に詰め込んでいく。他者の付け入る隙はない。

「最後にレモンを載せましてー、できたぁ！　完成でーす！」

俺と田中は手分けして竹筒に蓋をしていく。くり抜いた竹がそのままピタッと嵌まるので、改めて蓋を作る必要はなかった。

「あとは火に掛けるだけだな」

今回は焚き火を使って加熱することにした。調理用の竈だと全員分の竹筒を同時に掛けないからだ。

空きスペースに複数の焚き火をこしらえる。広場の温度が一・二度ほど上昇した。

「ありがとうね、火影君！　映える料理を教えてくれて！」

「喜んでもらえてよかった。だが、俺のネタはまだ終わっていないぜ」

「え!?　他にもあるの!?」

俺は「ふっふっふ」と笑い、ドヤ顔で言う。

「かっぽ料理の完成を待っている間にストローを作ろう」

「ストロー!?」

「コップに口を付けて飲むよりオシャレだろ？」

「そうだけどストローなんか作れるの？」

「簡単だぞ」

「プラスチックなんかないのにどうやって作るんだろ？　紙を使うの？」

「いいや、これを使う」

俺が取り出したのは麦わらだ。

外皮を剥くなどの下処理に加えて、煮沸による消毒も済ませてある。

「この麦わらを適当なサイズにカットすればストローになる」

こんな感じにね、と麦ストローを作ってあげた。

それを絵里が使っているコップにさす。

「試してみろ」

「うん！」

絵里はコップを両手で持ち、ストローを使って水を飲む。

小動物のような可愛らしさに、俺と田中の頬が緩んだ。

「たしかにストローだぁ！　麦でストローを作るって面白いアイデアだね！」

「それもサバイバル術でござるか？」

「いいや、これはサバイバルというより先人の知識だ。プラスチックのストローが普及する前は麦ストローが一般的だったんだよ」

「へぇ、知らなかった！」

ストローの歴史は古く、最初に登場したのは今から五〇〇〇年以上も昔、紀元前三〇〇〇年頃まで遡る。古代メソポタミア文明のシュメール人が、ビールの上澄みを飲むのに麦や葦のストローを使っていた。

「全員分の麦ストローを作ったし、そろそろかっぽ料理も完成するな」

外で活動していたメンバーが続々と戻ってくる。

それと同じタイミングで、竹筒の中から美味しそうな香りが漂い始めた。

「帰還した。本日も異常はなかった」

最後に天音が戻ってきて、この場に全員が揃った。

夕食の時間だ。

焚き火を半円状に囲む形で座り、「せーの」で竹筒の蓋を開けた。

香りの大爆発が起きて、広場が食欲を増進させる匂いで満たされる。

レモンもくたくたになっていていい感じだ。

「すげぇ！　早く食べようよ！」

興奮する亜里砂。他の皆も舌なめずりをしていた。

「火傷に気をつけて食うんだぞ！」

手を合わせる。

「「いただきまーす！」」

手作りの箸でホロホロの魚を摘まみ、ふーふーしてから頬張る。

「うめぇ！」

いい感じにレモンの風味が効いている。

「口の中に優しい味が広がっていきますわ！」

「色々な食材が入っているのに味が喧嘩していないでござる！」

皆も大絶賛。

「美味しいよ！　見栄えもいいし最高！　本当にありがとう、火影君！」

「満足してもらえたようだな」

「うん！　大満足！」

絵里が幸せそうに笑う。

その顔を見ていると嬉しくなって、俺も笑みを浮かべた。

【皇城零斗】

朝食後、アジトから出ようとする天音を呼び止めた。

「今日の偵察は俺が引き受けよう」

天音は振り向き、いつも通りの無表情で答える。

「かまわないが、どうしてだ？　私では力不足ということか？」

「まさか。たまには自分の目で見ておこうと思っただけさ」

「ふむ」

天音は少し考えてから言った。

「賛同できないな」

彼女の口から否定の言葉が発せられたことで、場に妙な緊張感が生まれる。

近くで作業中の絵里や田中、少し離れた所にいる手芸班がこちらを見てきた。

「篠宮火影、お前は明日、大事な任務があるだろう」

「ああ、そうだな」

明日――十一月十五日は、一大イベントが控えている。

「ならば大人しくしておくべきだろう」

「分かっているさ。だが、いや、だからこそなんだ」

「どういう意味だ？」

「明日は大変な一日になる。だから、その前に自分の目で見ておきたい。零斗のチームがどういう状況なのかを。報告でも十分なんだが、偵察すればより把握できる」

「理解しがたい発言だな」と言いつつ、天音は「まぁいい」と続けた。

「リーダーはお前だ。お前がそう決めたのであれば、私はそれに従うだけのこと」

「すまんな」

こうして、今日の偵察は俺が行うことになった。

「俺は今から偵察に出るから、天音は必要に応じて皆の手伝いをしてくれ」

「承知した」

天音は「これを持っていけ」と弁当箱を渡してきた。偵察任務を受けた者だけがありつける絵里のお手製弁当で、可愛らしいハンカチに包まれている。

「では行ってくる」

「うむ」

「気をつけてね、火影君！」

「無理は禁物でござるよ！」

絵里と田中からも暖かい言葉をかけてもらい、俺はアジトを後にした。

かつて笹崎チームが拠点にしていて、今は零斗チームが根城にしている洞窟群。

その近くにやってきた俺は、茂みに伏せて様子を窺っていた。

（やっぱり報告とは印象が異なるな）

零斗チームは全員が健康だが、表情は想像していたよりも暗かった。

前に俺が偵察したのは、彼らがまだ洞窟群に引っ越す前のこと。その頃は半数以上が野ざらしだったこともあり辛そうだった。

今は全員が洞窟内で過ごせているというのに、醸し出す雰囲気は以前と変わらない。それにどいつもこいつも痩せ細っていて、誰が見ても食糧難に陥っていると分かる有様だ。

俺達以外のチームが島の北側で活動しているのは、食糧に不自由しないのが大きな理由だったはず。南側に比べて動物の数が圧倒的に多いので、捕まえれば腹を満たせるだろう。

現にこの場所へ来る道中にイノシシやウサギを見かけた。普通に過ごしていれば食糧に困ることはないはずだ。報告だけでは分からない事情があるのかもしれない。

この機会に足りないデータを補っていくとしよう。

「おっ」

ひときわ大きな洞窟から零斗が出てきた。

俺は気を引き締め、息を殺し、零斗の動きに集中した――。

★

「零斗、あのさ――」

零斗が洞窟から出ると、一人の男子が駆け寄ってきた。

富竹（とみたけ）というこの男子は、前まで笹崎チームに所属していて、その前は皇城白夜の腰巾着だった。零斗から勧誘された時、光の速さで寝返った男である。

「ウサギ狩りに行かないか？　肉が食いてぇよ」

零斗は「ふん」と鼻で笑った。

「我慢しろ」

「なんでだよ？　ウサギくらい楽勝だって。大輝のところでは俺がウサギを獲っていたんだぜ？」

「だったら言うが、富竹、お前はメンバー全員のウサギを確保できるのか？」

「それは……」

「仮に一匹のウサギを四人で分け合ったとしよう。それでも約二〇匹のウサギが必要になる。二〇匹も調達できるか？」

「いや、無理だ」

「だったら我慢しろ」

「分かったよ……」

全員の扱いを平等にする〈当番制〉の導入以降、零斗は動物の狩猟を禁止していた。

人数分の調達が困難だからだ。食べ物に差が出ると平等ではなくなり、争いに繋がりかねない——と皆には言ってある。しかしそれは建前に過ぎなかった。

本当の理由は怪我が怖いからだ。

数多の食糧調達において、狩猟はずば抜けてリスクが高い。ウサギのような可愛らしい小動物ですら抵抗する。ただ逃げられるだけなら問題ないが、咬まれようものなら一大事だ。感染症を引き起こしかねない。

実際、零斗のチームには狩猟時の怪我で人獣共通感染症（ズーノーシス）に陥り、それがもとで死んだ者がいる。一人ではなく何人も。

（とはいえ、このままでは飢餓が原因で争いが起きるぞ……）

歩きながら考える零斗。狩猟をしてもしなくても争いになりかねない。いっそのこと、諸々のリスクを恐れず狩猟を解禁すべきだろうか。

白夜が仕切っていた頃から、零斗は狩猟に頼らない食糧調達の術を模索していた。歴史の教師が生きていた時は色々と試行錯誤させたものだ。

しかし、どれも上手くいかなかった。教科書の知識はクソの役にも立たなかったのだ。

「どうしたものか」

零斗は洞窟群の中央に位置する広場へやってきた。石で作った円形の囲いがある。部外者が誤って入らないよう区切ったものだ。

囲いの中では女子高生が地面に水を撒いていた。

そう、この囲いは畑なのだ。畝も何もないが、一応、畑である。

食糧の供給量を安定させるべく、零斗は農業に手を出していた。

着眼点はいいが、今のところ効果はなかった。

「調子はどうだ？」

「見ての通り、変わりありません」

「芽が出る気配はあるか？」

「分かりません。畑のこと、何も知らないので……」

「そうか」

零斗チームの農業には多くの問題点があるが、一番の問題は経験者がいないことだろう。

誰一人として栽培のことを知らなかった。土はこれで大丈夫なのか、肥料は要らないのか、水を撒く頻度や量は適切か。何も分からない。教科書にも載っていない。

だから勘で取り組んでいた。上手くいくように祈って。

「これで農耕が失敗に終わったら餓死は避けられないな」

自虐的な笑みを浮かべる零斗。

水やり担当の女子高生は何も言わずに俯いた。

◇

洞窟群を出た零斗が向かった先は近くの川だった。

数十人のチームメンバーが漁に励んでいる。川の中に石を積んで魚の進路を遮り、行き詰まった獲物を手で掴む。原始的だが手堅い手法だ。

安定して調達できる為、零斗チームでは魚がメインの食材になっていた。

「しゃー！　大物ゲーット！」

二年の男子が魚を頭上に掲げた。

「おー、大きいじゃん」

「だろー？　俺ってばセンスあるぅ！」

友達と話して上機嫌の男子。

そこへ零斗の怒声が飛ぶ。

「お前ら、油断していると滑って転ぶぞ」

「「すみません！」」

大きな声で謝りつつ、聞こえないように舌打ちする二人。

そのことに気づいていたが、零斗は触れなかった。

「分かっているならいい。無理するなよ」

「「はい！」」

零斗にとって大事なのは、これ以上の死者を出さないことだ。その為には気を引き締めて作業に臨んでもらう必要があった。

過去に油断した馬鹿が足を滑らせている。それも数人。

全員が石で頭を打つなどして血を流す羽目になった。とはいえ、日本なら何針か縫ったら済むレベルの怪我だ。

それでも、転んだ者は例外なく命を落とした。傷口から入った細菌が増殖して感染症を引き起こしたり、全身が濡れたことで風邪を引いてしまったり、死因は様々だ。

文明が発達していない上に免疫力が低下しているので、現代の日本だと「この程度で死ぬかよ」と笑えるようなことが死に直結する。

(避けられない理由で死ぬなら仕方ないが、しょうもない怪我で死なれるのだけは避けてもらわないとな)

零斗は他の生徒と同様に川辺で待機する。

魚の下処理をするのが待機している連中の仕事だ。

零斗チームが行う魚の下処理は、火影チームのそれとは異なっていた。

「お願いします！」

川で作業中の生徒が魚を持ってやってきた。

「おう」

零斗は足下に置いてある学生鞄を開けた。中は空だ。

生徒がその鞄に魚を放り込む。

下処理の始まりだ。

「ふんっ！」

まずは適当な石で魚の頭を叩いて殺す。締めるのではなく撲殺だ。

それが済んだら文具用のハサミを使って魚の腹部を開く。どのハサミも例外なく錆びが酷いけれど、他の道具がないので仕方ない。

（まさかこの俺、皇城零斗ともあろう者が魚を捌くとはな……）

お世辞にも綺麗とは言えないが、どうにか腹部を開くことができた。

あとは内臓や骨を指で取り出して終了だ。

処理の済んだ魚は専用の学生鞄にまとめられる。

零斗達にとって、この川魚が一番のご馳走だ。基本的には一日一匹、多い時でも数匹しか食べられない。

また、魚以外だと野草やキノコを食べている。もちろん空腹は満たされない。ないよりマシ程度。低燃費モードの体ですら不満を訴えていた。

「その調子で頑張れよ、お前ら」

「え、零斗さん、作業をサボるんすか？」

二年の男子が不満そうに言う。騒いでいて零斗に注意された生徒だ。栄養失調とストレスから攻撃的になっていた。

「サボるんじゃない。今日はもともと休みなんだよ」

「あ、そうだったんすか、すみません」

「統率を乱すような発言は二度とするな」

川の水で手を洗い、その場を後にする零斗。

いつもなら洞窟群に戻って休むところだが、この日は違う所へ向かった。

◇

かつて白夜が拠点にしていた島の中央付近にある丘。

そこに来た零斗は、地面に座り込み、目の前に盛られている土の山を見つめた。

墓標の類はないが、それが弟・白夜の眠る墓だ。

「昔の人間はどうやって生き抜いたんだろうな」

零斗は空を見上げて、大きく息を吐いた。

「今日もお前を殺してしまったよ」

白夜を撃ち殺して以来、毎日、零斗は夢の中で白夜と会っていた。

シチュエーションは様々だが、決まって最後は争いになり殺してしまう。殺し方はいつも同じで、油断して背を向けた白夜の頭を後ろから銃で撃ち抜く。どれだけ仲良く過ごそうと思っても、そうすることはできなかった。

「ごめんな、白夜……」

自分の右手を見る零斗。

白夜を撃った時の感触が今でも残っている。目を瞑ればあの時の銃声が脳に響く。

背後から頭に一発。即死だった。断末魔の叫びはなく、白夜は静かに斃れた。

妙に重い引き金、銃の反動、飛び散る血液と脳漿……全てを鮮明に覚えている。

震える右手、催す吐き気、気を抜くと卒倒しそうだ。

皆の前では毅然とした態度で振る舞っているが、零斗はとうの昔に限界を超えていた。

自殺したいとすら思っている。

こめかみに一発。それで終わる。死ぬのは怖くない。

自殺しないのは、白夜を殺したから。

大事な弟を殺してまで生き抜く道を選んだ。

それなのに自殺なんてしたら、白夜の死が全くの無駄になってしまう。

だから死なずにリーダーとしての任を全うしていた。「もう無理だ」と思うその時まで、皇城零斗に相応しくない醜態を晒してでも生き延びるつもりだ。

「お前を撃ったことは間違いではない。今でもそう思っている。後悔もしていない。あの時に撃たなければ、いや、もっと早く撃っておくべきだったとすら思う。そうは思っていても、やっぱり、辛いものだな……」

白夜との思い出がこみ上げてきて、零斗の瞳から涙がこぼれる。

「チームはなんだかんだで立て直してきている。冬がどうなるか分からないが、おそらく大丈夫だろう。立派な拠点も手に入ったからな。白夜、お前はあの世でいい女でも侍らせながら見ていてくれ」

立ち上がる零斗。

その時、丘の南側が目に入った。

「思えばあっちのほうは行ったことがなかったな」

零斗が丘より南に行ったのは、この世界に来てすぐの時だけだ。火影の焚いた発煙筒の煙を見て救助が来たと誤解し、篠宮洞窟に行った。それっきりである。

なので、篠宮洞窟のさらに南に何があるのかは知らなかった。

「たしかアイツはサバイバル大好き人間だと愛菜が言っていたな」

零斗の脳裏に火影の顔が浮かぶ。

「アイツの名前は……篠宮火影、だったか」

名前はうろ覚えでも、火影がどういう人物なのかはよく覚えていた。

授業態度は真面目だが成績は決して良くない。休み時間になると机に突っ伏して寝ているばかり。常に一人で過ごしている典型的な陰キャだ。普通なら記憶の片隅にも残らない矮小な存在。

それなのに覚えているのは、火影の態度がそこらの陰キャとは違うからだ。誰が相手でも——それこそ白夜にすら物怖じしない。洞窟で話した時もそうだった。

「どうでもいいか、アイツのことなど」

零斗の頭から火影が消えていく。

「この過酷な世界をあいつが生きているとは思えん。いくらサバイバルが大好きといっても、所詮はキャンプ程度のおままごとだろう。歴史の教師と同じだ。ここでは何の役にも立たん。あいつを選んだ愛菜や他の奴等も死んでいるに違いない」

そう結論づけるも、零斗の視線は丘の南側から逸れない。

「あちら側は手つかずだし、何かありそうだな……」

探索すれば何かしらの発見があるかもしれない。何もなかったとしても、それはそれで「何もない」という答えを得られる。「何かあるかも」と思い続けたまま未開の地として放置しているよりマシだ。

「いや、ダメだな」

総合的に考えた結果、零斗は探索しないことにした。

探索したくてもできないのが本音だ。リスクが高すぎる。

南に洞窟群のような規模の大きい住居があって食糧もひとしきり揃っているなら問題ない。逆に食糧や拠点が一切無くても問題ない。

問題なのは食糧だけ豊富で拠点になり得る場所が乏しいことだ。その場合、チームを抜けて南側で生活する者が続出して統制がとれなくなってしまう。再び人間同士で不毛な争いを繰り広げることにもなりかねない。

今の零斗にそんな余裕はなかった。

「お前がいればあっちのほうも探索する余裕があったのだがな、白夜……」

白夜が生きていたら、探索隊のリーダーを白夜か零斗自身が務められる。近くに統率者がいれば、中途半端に環境が良かったとしても問題なかった。謀反を企てる愚か者は出てこないだろうし、出たとしても簡単に対処できる。

「ま、今さら嘆いても仕方ないか。お前はもうこの世にいないのだからな。感傷に浸るのはこのくらいにしておこう、時間の無駄だ」

零斗は懐から銃を取り出した。

残弾を確認する。残りは一発。元々は笹崎に使う予定だった。

しかし、笹崎が女子を連れていたことで撃てずに終わった。

この一発をどう使うか、零斗は既に決めている。

「使わずに済めばいいのだがな」

銃を懐に戻し、洞窟群に向かう零斗。

彼の帰還を見届けてから、火影は偵察任務を終えた。

【渡航挑戦①】

十一月十五日。

気持ちのいい快晴に見舞われたこの日――。

俺達は、いよいよ渡航に乗り出した。

朝食後、アジトの広場で作戦を説明する。

「前に話した通りメンバーは俺を含めて三人だ。俺が指揮を執り、高橋が船のメイン推進力となってオールを漕ぐ。吉岡田は荒波を生で体験することによって、新たな船の設計に役立ててもらう」

「任せるでマッスル！」

「必ずや今後に繋がるヒントを掴んでみせます！　どうぞ！」

今回の渡航挑戦は失敗することを前提にしている。無事に向こうの島へ辿り着ければ御の字だが、きっと引き返すことになるだろう。

それで何ら問題ない。本気で成功を狙うのは次回以降だ。

「花梨、皆のことを頼んだぞ」

「任せておいて」

俺達が帰還するまでの間、アジトのリーダーは花梨が務める。

彼女は俺に次ぐ知識の持ち主であり、皆の信頼も厚い。俺に代わってチームを指揮した経験もあるので安心だ。

「ちゃんと今日中に戻って来いよな！　そうじゃないと気になって眠れないからな！」

顔に不安の色を滲ませつつも明るく振る舞うのは亜里砂。ダークブラウンのポニーテールが、顔の動きに合わせて左右に揺れた。

「分かっているさ。俺だって無茶はしないつもりだ」

推測ではあるが、向こうの島はそれほど遠くない距離にある。仮に航海を妨げる悪天候がなかった場合、半日足らずで往復できるだろう。

「よーし、出航の前に亜里砂様がモチベーションを高めてやろう！」

「ん、何を——って、おわっ！」

亜里砂は俺の後頭部に両手を回すと、強引に自分の胸へ押しつけた。絵里に次ぐ大きなおっぱいが最高の弾力で迎えてくれる。

「これで頑張れるだろ？」と、ウインクする亜里砂。

自分でやっておきながら恥ずかしそうにしているところが可愛らしい。慣れていないのが丸分かりのぎこちないウインクもよかった。

「高橋と吉岡田もやってやろう！　ほら来い、高橋！」

「じ、自分は大丈夫でマッスル！　大切な恋人がいるので——」

「うるせぇ！　気にするな！」

マッスル高橋の顔面が亜里砂のおっぱいに沈む。

「頑張って船を漕ぐんだぞ！」

亜里砂はマッスル高橋の尻をベチッと平手で叩いた。

「最後は吉岡田ね！」

「ありがとうございます！　どうぞ！」

俺やマッスル高橋の時と違い、自ら飛び込んでいく吉岡田。お好み焼きにかけられた鰹節のように踊るモジャモジャヘアーは、彼がいかに喜んでいるかを如実に物語っていた。

「そういやあんた、私より背が低いんだね」

亜里砂の身長が一五〇後半なのに対し、吉岡田は一五〇前半だ。

「それは……気にしているので言わないでください……どうぞ……」

ごめんごめん、と笑う亜里砂。

「後のことは花梨に任せるとして、俺達は発つとしようか」

三人で漁船に乗る。

「準備はいいな？」

最後の確認だ。

「大丈夫でマッスル！」

大きなオールを持ち、白い歯を見せて頷くマッスル高橋。

「いつでもどうぞです！　どうぞ！」

吉岡田も問題ないようだ。

俺は「よし」と頷き、帆を張った。

「それでは出航！」

マッスル高橋がオールを漕ぎ、船が緩やかに動き始める。

「ファイトでござるー！」

「頑張ってくださいませ！」

「健闘を祈る」

皆の声援を背中に受け、俺達の渡航挑戦が幕を開けた。

◇

「高橋、しばらく休んでいてくれ」

「了解でマッスル！」

アジトを出て間もなくして、俺はマッスル高橋に休憩を命じた。

序盤は波も穏やかなので帆の力だけで十分だ。

天候が荒れてきたら筋肉オールが本領を発揮する。

「心地よい風だが……速度は今ひとつだな」

いつものことだが、船に乗っているともどかしさを覚える。もっとスピードを出せないものかと思えて仕方ないのだ。ジェットスキーのように海を疾走したい。

体感だと今の速度は三ノットくらいだ。言い換えるなら時速五キロ程ということ。

「吉岡田、船酔いはどうだ？」

「問題ありません、どうぞ」

吉岡田は船酔いしやすい体質だが、それも過去の話になりつつある。船の改良案を考えるべく何度も乗船したのが奏功しているようだ。

「いよいよ船酔いを克服してきたか」

「そうかもしれません、どうぞ」

小学生の頃、漁師から船酔いの話を聞いたことがある。

最初から船に酔わないという人間は滅多にいないそうだ。「俺、船酔いとかしないいんだよね」などと豪語する人間でも、漁船の凄まじい揺れを体験すれば酔うという。

もちろん漁師も例外ではない。最初の頃は酔い潰れて海に吐くのが普通らしい。

船酔いを克服するには何度も船に乗るのが一番だ。

なかには一向に改善されない者もいるけれど、幸いなことに吉岡田は違っていた。

「篠宮さん、少し方角がずれていています、どうぞ」

「ん？　そうなのか？」

「修正しますね、どうぞ」

「お、おう」

吉岡田が帆の角度を変えて航路を調整する。誰よりも船に乗っているだけあり、動きにキレが感じられた。

「俺よりも帆の扱いに長けていそうだな」

「いえいえ、それほどでも。どうぞ」

言葉とは裏腹に、吉岡田の顔は自信に満ちていた。

(もしかして、この中で最も足手まといなのって俺か？)

そんなことを考える。

「今に内に水分補給をしておこう」

「了解でマッスル！」

あぐらを掻いて水を飲む。

手芸班の作ってくれた竹の水筒がここでも大活躍だ。

今回は持久戦に備えて食糧を多めに持ち込んでいる。

特に多いのは飲料水。というか、殆ど水だ。水さえあれば多少は生きていける。

なので食料は最小限。

空になった水筒に飲み水を補充しながら、マッスル高橋に話しかけた。

「そういや高橋、お前は勉強しないのか？」

「勉強でマッスルか？」

「そうだ」

最近、俺達の間では勉強ブームが到来している。

正しくは勉強というより読書だ。教科書を読むのが流行っている。

一度の読書に費やす時間は少ない。ご飯や風呂を待つ際の隙間時間に読む。

時には授業ごっこをすることもある。教師役はいつも花梨だ。

日本にいた頃は嫌いだった勉強が、今では楽しい息抜きになっている。

しかし、マッスル高橋だけは違っていた。

トランプに参加することはあっても、教科書を読むことはない。絶対に。

だからといって、彼の成績は決して悪くなかった。

むしろ上位、秀才だ。二年生組の中ではソフィアに次ぐ優等生である。

「勉強は……しないでマッスル」

「どうしてだ？」

「面白くないからでマッスル。勉強をする時間があるなら筋トレをするでマッスル」

「そのわりに賢いよな」

「それは……」

間を取るマッスル高橋。言いづらそうだ。

無理に言わなくてもいいぞ、と言う前に彼は答えた。

「彼女がうるさいからでマッスル」

「そうなのか。高橋の彼女ってどんな人なんだ？」

さりげなく訊いてみた。稀に出てくる謎の彼女について。

「秘密でマッスル」

「相変わらずだなぁ」

マッスル高橋の彼女については、しばしば皆から質問が出ていた。容姿、年齢、馴れ初め、エトセトラ。特に恋愛トークが好きな女性陣は、あの手この手で聞き出そうとしていた。

しかし、本人は言いたくないらしくて全く語ろうとしない。

その為、素性は全くもって不明のままだ。

分かっているのは性別が女ということのみ。本当にそれだけだ。

マッスル高橋だから信用されているが、これが田中や影山だったら「その彼女って想像上の人物では？」と疑われているだろう。

「さて」

俺は空を見上げた。

マッスル高橋と吉岡田も顔を上げる。

「いよいよだな——休憩は終わりだ」

先程まで晴れ渡っていた空に暗雲が立ちこめ始めている。

案の定、今回も俺達の行く手を阻むつもりのようだ。

【渡航挑戦②】

ゲームには「見えない壁」と呼ばれるものが存在する。プログラムによって定められたフィールドを越えようとした場合に行く手を阻んでくる仕様のことだ。画面上では何の問題もなく延々と道が続いているのに、どうやっても進むことができない。

この島から離れることを拒む悪天候は、まさに見えない壁のようだった。

その壁を、俺達は越えようとしている。

「始まるぞ、勝負の時間だ」

いよいよ船が暗雲の下に到達する。

波が震え始めた。

「高橋、オールを漕ぐぞ！」

「了解でマッスル！」

「僕は何をすればいいですか？　どうぞ！」

「お前は帆に張り付いていろ。俺が合図したら帆を畳むんだ」

「分かりました！　どうぞ！」

まずは俺とマッスル高橋が二手に分かれてオールを漕ぐ。

悲しいことにマッスル高橋が一人で漕いでいる時に比べて推進力が弱かった。

お相手の筋肉男が俺に合わせているからだ。要するに俺が足を引っ張っている。

それでも俺が手伝うのは、マッスル高橋のスタミナを温存する為だ。

「今回も拒んでくるか……！」

進むにつれて天候が荒れてくる。

遠目に薄らと見えていた目的の島が消えていく。

――霧だ。

暗雲よりも直接的な警告である。

これ以上進むなら容赦しないというメッセージ。

「篠宮さん！　霧が濃くなっていきます！　どうぞ！」

次第に視界が真っ白に染まっていく。

酷い濃霧になった。仲間の姿すらまともに見えない。

ゴゴゴォ！

あちこちから雷鳴が響く。

警告が最上級に達した。

これが本当に最後の警告となるだろう。

さらに進むと待っているのは警告ではない。攻撃だ。

念の為に二人が無事か確認しておこう。

「高橋！　吉岡田！　返事をしろ！」

「マッスル！」

「どうぞ！」

「よし！　大丈夫だな！」

純白に染まった視界は不安を募らせるが、大した問題にはならない。

この程度なら余裕で渡航を完遂できる。

が、当然ながらこの程度で済むことはなかった。

霧や雷鳴で怯まない俺達に対し、より本格的な攻撃を繰り出してきたのだ。

「おわわっ！　船が！　揺れています！　どうぞ！」

今度は荒波だ。

微かに震えていた波が怒りを露わにする。

船がぐらんぐらん揺れて、体が右に左にと傾く。

さらに追い打ちが続く。

パラパラと雨が降り始めた。

まだ小雨だが、いずれは……。

「ここから先は未知の戦いだ」

これまではこの辺りで引き返している。

しかし今回は進む。まだ限界じゃない。まだ終われない。

「船から落とされないよう気をつけろよ！」

俺は腰を屈めながら慎重に移動し、マッスル高橋に近づく。

「あとは一人で頼む」

「任せるでマッスル！」

マッスルが二本のオールで豪快に船を動かす。

「マッスゥル！　マッスゥル！」

船上に響くマッスル高橋の声。

「いいぞ高橋！　その調子だ！」

「マッスゥウウウウウウル！」

荒波に揉まれて停滞しつつあった船が勢いを取り戻す。

すると、敵は新たな攻撃に打って出た。

風だ。

前後左右、あらゆる方向から強烈な風が吹いてくる。

帆柱から激しい軋み音が響く。悲鳴のようにも聞こえた。

このままでは帆柱が折れてしまう。

それに風向きが安定しないので帆が機能していない。

「吉岡田！　帆を畳め！」

「は、はい！　どうぞ！」

ズザァズザァという風の音に交じって、吉岡田の作業音が聞こえる。

「畳みました！　どうぞ！」

「オーケー！」

帆を畳んだことによって帆柱の損傷は免れた。

改良を重ねてきただけあって、流石にこの船はよく頑張っている。

「その調子だぞ高橋」

「針路は問題ないでマッスルか？」

「ああ、問題ない！　このまま進めば勝てるかもしれないぞ！」

「うおおおお！　マッスゥウウウウル！」

マッスル高橋の士気が上がる。

「篠宮さん！　どうして針路が間違っていないと分かるのですか？　何も見えないのに！　どうぞ！」

「簡単なことだ。天候が悪化の一途を辿っているだろ？」

「は、はい！　どうぞ！」

「つまり俺達を拒んでいるんだ。そっちに行くんじゃねぇ、と」

立ちこめる暗雲、視界を遮る濃霧、轟く雷鳴、吹き荒れる暴風。

そして、いよいよ雨が本格化し始めた。小雨から雨に、雨から大雨になる。

ここが地上であったとしても辛いレベルの悪天候。

だからこそ最高、だからこそ完璧なのだ。

「もしも船が想定とは反対方向――アジトへ向かっているのなら、今頃、天候は穏やかになっているはずだ。霧は晴れ、雨風は止み、雲も消えているだろう。そうでないのだから、今は順調に違いない」

「なるほど！　このまま進めば成功ですね！　どうぞ！」

「そうなんだが……」

俺は素早く全体を見渡した。

「そろそろ厳しいな」

船の揺れは限界を超えていて、いつ転覆してもおかしくない。

風の暴力も相当だ。何かに掴まっていないと耐えられない。

濃霧によって何も見えず、雷鳴で耳がキンキンしている。

雨で体力の消耗も激しい。

ここらが潮時だ。

これ以上は船か俺達、もしくはその両方が潰れてしまう。

「高橋！　聞こえるか!?」

「聞こえるでマッスル！」

「アジトへ戻るぞ！」

「承知したでマッスル！」

マッスル高橋が船を旋回させる。霧が邪魔で方角が分からない。

「篠宮さん！　針路はこれで合っているでマッスル？」

「分からん。お前はどう思う？　無事にアジトへ向けたと思うか？」

「思うでマッスル」

「なら自分を信じろ。俺よりお前のほうが漕ぎ慣れているからな。それに、正しければ天候が穏やかになっていくはずだ」

「了解でマッスル！」

マッスル高橋が船を進める。

「吉岡田、今回の挑戦で何か掴めたか？」

「はい！　いくつかあって、まずは帆についてですが――」

「いや、今は説明しなくていい。この悪天候の中じゃ覚えられないからな」

「分かりました！　どうぞ！」

あとは無事に帰還すれば任務終了だ。

こればかりは祈るしかない。

(神の仕業としか思えない悪天候と戦いながら、安全に戻れるよう神に祈る……滑稽だな)

心の中で自虐的な笑みを浮かべる。

その時だった。

「「「うわぁあああああ！」」」

突如、突風が俺達を襲ったのだ。

船は大きく縦に揺れた。横殴りの風ではなかったので転覆の恐れはない。

ただし勢いが凄まじかったので、俺達の体が浮き上がってしまった。

「二人とも大丈夫か!?」

「大丈夫でマッスル！」

「僕も大丈夫です！　どうぞ！」

どうにか吹き飛ばされずに済んだようだ。

「マッスゥウウウウウル！　マッスゥウウウウル！」

雷鳴よりも轟くマッスル高橋の声。

その声が次第に大きくなっていく。

いや、雷鳴の音が小さくなっているのだ。

雨や風、波の荒れ具合も穏やかになりつつある。

アジトのある島へ戻っているようだ。

「帰りは快適だな」

雨が止み、風は収まり、雷鳴も消えた。

霧もゆっくり晴れていく。

「吉岡田、帆だ！　帆を張れ！」

「了解です！　どうぞ！」

吉岡田が作業に取りかかる。

霧が薄くなってきたことで、その姿がしっかり見えた。

「思ったより手応えがあったな。今度はあの島に――あ！」

話しながら振り返った時だ。

消えつつある霧の中に、とんでもないものがいた。

「どうかしたのですか？　どうぞ」

吉岡田がこちらに目を向ける。

「あれ！　あれを見ろ！」

先程まで向かっていた方角を指す。

「……？　島が見えるだけですが？　どうぞ」

首を傾げる吉岡田。その反応は無理もなかった。

たしかに今は島が見えるだけだ。俺達が何度となく渡ろうとしていた島が佇んでいる。ただそれだけなのだ。

「さっきはあそこに……」

「あそこに？　どうぞ？」

「……いや、なんでもない、忘れてくれ」

もしかして見間違いだったか？

いや、そんなはずない。

アレは、たしかに、間違いなく、そこにいた。

霧が完全に晴れて向こうの島が見えるまでの刹那とも言える時間。

その時間の中に――現代の船艇と思しき巨大な鉄の塊が見えたのだ。

(もしかしたら……)

馬鹿げた考えが脳裏によぎる。

「篠宮さん！　アジトが見えてきたでマッスル！」

「無事に戻れますよ！　どうぞ！」

二人の声が俺をハッとさせた。

我らの拠点が視界に入る。

（変な期待を抱かせてはいけないから、皆には何も言わないでおこう）

俺は大きく息を吐いた後、笑みを浮かべた。

「二人ともよく頑張った！　任務完了だ！」

【合鴨の回収】

渡航挑戦は失敗に終わった。

今の船では向こうの島へ行くことはできない。

結果は残念だが、想定通りでもあった。

むしろ、思ったよりも進めたな、とすら感じた。

感触は悪くない。たしかな手応えがあった。


そして、渡航挑戦から数日が過ぎた――。


気がつけば十一月も下旬で、深秋から初冬に変わりつつある。

気温はますます下がり、もはや普通に寒い。半袖で過ごすにはきつくて、何枚か重ね着するのが普通になっていた。

とはいえ、思っていた程には冷え込んでいないのが現状だ。

この島には日本と同じく四季があるようで、夏は暑くて冬は寒い。

転移した当初は夏で、日本の夏に比べると涼やかだった。だから冬は日本より寒くなると思ったが、今のところ遜色ない。寒さを感じさせる白い息も出ていない。

それでも、最近は洗濯の見直しを行った。

肌着や下着は毎日洗うが、それ以外は何日か続けて着る。スラックスやスカートなどは週に一回しか洗わない。

一月・二月の気候が日本と同様であれば、今までのように日本レベルの清潔感を保つのは難しくなるだろう。そんな事態に備えて、今の内から慣れておく。余力がある内に対策を練るのもサバイバル生活において大事なことだ。

そんな十一月二〇日、水曜日。

「今日も各自で頑張っていこう」

「「「おおー！」」」

朝食を終えた俺達は、いつものように活動を始めた。

作業内容は主に道具のメンテナンス。

石器、土器、漆器、青銅器、その他、ありとあらゆる道具の見直しを行い、必要に応じて修理する。また、それらが壊れた時に備えて余分に作っておく。今後の冷え込み次第では新たに作るのが困難になるからだ。

こうした作業は渡航挑戦の翌日から始めていた。俺とマッスル高橋、吉岡田はずぶ濡れで帰還した為、丸一日の休みを頂いてから参加している。

（やっぱり間違っていなかったんだな、俺のしてきたことは）

自分で考えて動き回る皆の姿を見ていてそう思った。

ウチのメンバーには例外なく基礎技術を習得させている。全員が何らかのスペシャリストであり、ゼネラリストでもあるのだ。だから、今回のような場合は監督する必要がない。一言「作業内容は道具のメンテナンスだ」と言えば、後は勝手に考えて動いてくれる。

「さて、俺達も仕事に取りかかるとするか」

「りょーかい」

俺と愛菜の仕事は合鴨の回収だ。具体的には、水田で雑草や虫を食っていた合鴨を連れ帰り、締めて今日のメシにする。

（これは嫌な予感がするな）

アジトから移動する時、愛菜の横顔を見て思った。明らかにいつもより暗い。

理由には察しが付くけれど、あえて何も言わなかった。

「リータ」

水田の前に着くと、愛菜が猿軍団のボスを呼んだ。

彼女の胸に抱きついていたエロ猿の王が、元気よく地面に降り立つ。

「やることは分かっているよね？」

「ウキキ！」

頷くリータ。

そして、近くで待機していた数匹の猿に命令する。

「ウキ！」

「ウキキィ！」

「ウッキキィ！」

猿達は素早く動き、水田の端に移る。餌やりをする際に立っている場所だ。

そこへ全ての合鴨が近づいていく。いつもの如く餌をもらえると思っているのだろう。今日が命日だとは知らずに。

「それにしても成長したよな、こいつら」

合鴨を眺めながら言う。八月末に放った時は可愛らしい雛鳥だったのに、今では立派に成長していた。美味そう、というか、絶対に美味い。

「うん、そうだね」

愛菜の表情は相変わらず冴えない。それどころか先程よりも暗くて険しかった。

やはりこうなってしまったかと思うものの、何食わぬ顔で作業を進める。

「よしよし、よく来たなお前達」

俺は水田の餌やりコーナーでしゃがみ、合鴨に向かって話しかけた。

合鴨達はこちらに顔を向け、口をパクパクさせる。「早く餌をよこせ」と言いたいのであろうことは容易に分かった。

「悪いが、今日は――」

「ねぇ、火影」

愛菜が声を掛けてきた。

「回収した合鴨って食べちゃうんだよね？」

「おう、放し飼いを始めた当初に言った通りだ。今日は極上の合鴨料理だぜ！」

作り笑いを浮かべ、無理して声を弾ませる。

それから、真剣な顔で「可哀想に思うのか？」と尋ねた。

「まぁね」

愛菜の目に涙が浮かんだ。案の定、彼女は合鴨に対して愛着をもってしまった。それは家畜を扱う際の御法度、最も抱いてはいけない感情だ。

「この子達の世話、あたしがしていたからさ……」

愛菜の目から涙がこぼれ落ちた。

それまで楽しげだった猿軍団が、一転して不安そうに俺と愛菜を見つめる。

「やれやれ、困ったな」

本当に困った話だ。

今日は美味しい合鴨料理に舌鼓を打つ予定だった。広場で待つ絵里は合鴨を捌く気でいるし、他のメンバーにしたって合鴨料理を楽しみに今日の活動に励んでいる。

だからといって、愛菜の気持ちを無視するわけにもいかない。ここが畜産に関する学校ならまだしも、そうではないのだから。それに日本でもない。

「仕方ない、食べるのはやめて放鳥してやろう」

「えっ」

驚いたように俺を見る愛菜。

「いいの？　殺さなくても」

「問題ないさ、日本じゃないからな」

「それって関係あるの？」

「大ありだよ」

俺は立ち上がった。

「日本だと合鴨の放鳥は禁止されているんだ」

「そうなんだ？　合鴨って害獣なの？」

「害獣と言えば害獣なんだが、愛菜のイメージする害獣とは違う。前にも話したが、合鴨はマガモとアヒルの交雑交配種で、言うなれば人間の手によって生み出された動物なんだ。つまり、自然界には存在していない。そんな生き物を野に放つと、他の生態系へ悪影響を及ぼしかねない。だから放鳥が禁止されているし、野生化した合鴨は狩猟対象として駆除されるんだ」

「なるほど……。火影って本当に物知りだね」

「合鴨農法について調べる過程で知っただけさ」

此処が日本であれば、愛菜の感情は考慮に値しない。どれだけ彼女が泣き喚こうとも、遠慮無く殺していた。

　しかし、此処は異世界だ。仲間が悲しんでいるのに無理して殺す必要はない。この島の合鴨は野生動物として生息していたのだから尚更だ。

「そうは言っても、合鴨を田んぼで飼い続けるわけにはいかない。既にこいつらの仕事は終わっている。もっと早く回収してもよかったくらいだ。俺達の作物を食い始めるのは時間の問題だし、そうなる前に元の生息地まで連れて行こう」

「ごめんね、あたしのワガママを聞いてもらって」

「全くだ。よく分かっているじゃないか」

「うっ……」

　俺はニヤリと笑い、愛菜の頭を撫でる。

「これは後でお詫びの一つでもしてもらわないとなぁ」

　この発言に対し、愛菜もにんまり笑う。

「仕方ないなぁ。じゃあ、たっぷりお詫びしないとね」

　互いに冗談で言っている。今回の件でお詫びなんて求めてはいなかった。

「放鳥の前にアジトへ戻るとしよう。絵里に事情を話しに行かないとな」

「そうだった！　うわー、怖いよー。絵里、怒るんじゃない？」

「もしかしたら合鴨の代わりに愛菜が捌かれるかもな」

「ひぃぃぃぃぃぃ！」

というわけで、合鴨の件を絵里に伝えることにした。

「ええええええ！　今日は合鴨のフルコースにしようと思っていたのに！」

これが絵里の第一声。

左右の手に持っている包丁の刃が、ギロリと俺達を睨んだ。

「もうアレコレ考えちゃったのに！　なんでなんでぇ！」

案の定、絵里は目に見えて落胆した。

「実は愛菜が合鴨に愛着を持ってしまって」

かくかくしかじかと理由を話す。

すると――。

「それなら仕方ないねぇ」

あっさり納得してくれた。

「じゃあ違う料理を考えておくー！」

「わるいな」

「ごめんね、絵里！　この埋め合わせは必ずするから！」

その後、俺達は他のメンバーにも事情を話した。

皆の反応は絵里と同じだった。最初こそ驚き落胆するものの、詳細を聞くと納得する。合鴨が食べられないのは残念だが、愛菜を悲しませてまで食べたくない。それが総意だ。

「理解を得られてよかったな」

「うん！」

放鳥するべく、俺と愛菜は合鴨の生息地に移動した。

ソフィアと天音の目覚めた場所――鷲嶺洞窟の近くにある湖へ。

目的地に着いたら速やかに合鴨達を放つ。

「これでいいな」

「だね！　のびのびと泳いでいる！」

親鳥がいない中で大丈夫か不安だったが、これといった問題はなかった。

十五羽の合鴨は一列になって仲良く泳いでいる。何食わぬ顔で、さも当たり前のように、別の合鴨グループに混ざっていった。

「ありがとね！　リータ、みんな！」

「「「ウキィ！」」」

合鴨をこの湖まで運んだのは猿軍団だ。愛菜と同じで、こいつらも合鴨の放鳥を喜んでいた。

「それじゃ、先に戻ってて！」

「「ウキィ！」」

愛菜の指示によって、リータを筆頭に猿軍団が離れていく。近くの木に登り、木から木へ飛び移りながら消えていった。

「さて、お詫びの時間だね」と微笑む愛菜。

「お詫びって？」

「あたしのワガママを聞いてもらったことのお詫びだよ」

「あぁ、あれは冗談だよ。別に何も期待しちゃいないさ」

「そうなの？　あたしはその気だったのに？」

愛菜が上目遣いで俺を見る。

その視線が逸れて、俺のペニスを一瞥した。

触られてもいないのに息子が目を覚ます。

「……いいのか？」

「いいよ」

愛菜が腕を絡めてきた。

俺の腕に彼女の胸が押し当てられる。

息子が「いいぞ、いいぞ」と喜ぶ。まずは挨拶代わりの半勃起。

「洞窟に移動しよっか？　それとも火影は此処でしたい？」

「いや、洞窟でじっくり楽しませてもらうよ」

「もうやめてって言いたくなるくらい気持ちよくしてあげるんだから」

「おっとぉ？　自らハードルを上げてきたな」

「ふっふっふ」

カップルのように腕を組みながら、俺達は鷲嶺洞窟に向かった。

【愛菜と鷲嶺洞窟】

いつぶりだろうか、愛菜と快楽に浸るのは。

一週間か、二週間か。

はっきりと思い出せない。そのくらい久々だ。

だからだろうか、愛菜はこれまで以上に張り切っていた。

鷲宮洞窟に着くなり抱きついてキスしてきた。そのまま最奥部の壁に俺を押しつけ、慣れた手つきでズボンを脱がせ、躊躇なくペニスにしゃぶりつく。蒸れた半勃起のペニスが彼女の口内で舐め回されて綺麗になり、たちまち硬くなった。

「んっ……んっ……」

頭を激しく前後に揺らし、亀頭から付け根まで刺激する愛菜。

そんな彼女の頭を撫でながら、俺は仁王立ちしてご満悦の表情。洞窟に響く淫らな音が気持ちよさに拍車を掛けていた。

「今日は初っ端から激しいな」

「久々だからね」

愛菜は「ふふん」と誇らしげな笑みを浮かべ、チロリと裏筋を舐めた。

「他の女じゃ満足できない体にしてやる！」

彼女のフェラは勢いを増していくばかり。

ペニスの感覚が麻痺しそうなくらいに刺激が強い。

「いいぞ……気持ちいい……！」

快感に脳が支配されていく。

淫らなことしか考えられなくなる。

と、その時、愛菜の動きがピタリと止まった。

（えっ、終わり？　今からがいいところなのに？）

思わず真顔になる俺。

ここで終わったら生殺しもいいところだ。しっかり抜いてもらいたい。

愛菜もそのことは分かっているし、もちろん終わらせるつもりはなかった。

彼女は髪を掻き上げて耳に掛けると、極上の奉仕を再開したのだ。

「なんだよ、この刺激は……」

「やばいっしょ？」

「やばいなんてもんじゃねぇよ」

「最高？」

「ああ、最高だ」

この島で生活を始めてから約四ヶ月――。

初めて女に気持ちよくしてもらったのは、島に来た当日。

それ以降、フェラや手コキ、果てにはセックスまで経験してきた。男子高生ならではのイカれた性欲を遺憾なく発揮して。

最初に比べて早漏ではなくなった。射精のタイミングもある程度コントロールできるようになった。

しかし今、俺は早くも射精の危機に陥っている。

まだ耐えるんだという思いに体が従わない。快楽が限界を突破して、俺の意思とは関係なくぶっ放しそうだ。

「愛菜、このまま顔に……」

出すぞ、と言う前に愛菜が動きを止めた。

「だーめ」

そう言って彼女はフェラを終える。

「まだイかせないから」

「うぇぇ」

我ながら情けない声が漏れる。

愛菜はクスクスと笑い、右手でペニスを握る。

今度は手コキが始まった。

フェラとは一転して緩やかなもので、そこそこ気持ちいい。

――が、これでは駄目だ。どれだけ頑張っても射精には至れない。

射精は勢いで行うものだ。一瞬でいいから爆発的な刺激が欲しい。そうでなければ盛大にぶちまけることはできない。

　快適な射精を行うには、しっかり射精ラインを突破する必要がある。

　しかし、愛菜はそのラインを越えさせてくれなかった。絶妙なコントロールで快感を制限し、射精ラインの手前に留めている。ペニスが「イクぞ！」と膨張した瞬間、すっと力を緩めるのだ。

　俺は完全にもてあそばれていた。

「愛菜、いい加減に――」

「ねぇ、火影」

「な、なんだよ」

　愛菜は手コキを止め、ペニスを握ったまま俺を見る。

「どうして、あたしとはエッチしてくれないの？」

「え……」

「他の女子とはしてるんでしょ？　エッチ」

「ま、まぁ」

「じゃあ、なんであたしとはしてくれないの？　抱きたくない理由があるの？」

「愛菜だけじゃない、亜里砂もだ」

　絵里、花梨、芽衣子、陽奈子、ソフィア、天音、詩織――。

　色々な女とセックスしてきたが、愛菜や亜里砂とはしていなかった。

「亜里砂とはそもそも何もしてないんでしょ？」

愛菜の舌がペニスを襲う。根元から先端に向かって、裏筋をれろれろと舐め進む。

射精ラインがぴくぴくと震えたが、突破することはなかった。

会話を挟んだせいで、沸騰していた精液が冷めつつある。ペニスは困惑していた。

「たしかに亜里砂とは何もしていない。健全だ」

亜里砂との間にあったのはラッキースケベのようなことのみ。

「それは分かるの。亜里砂は自分から求めていないから。でも、あたしは違うじゃん？」

「だな」

「じゃあ、なんで？」

「別に理由なんかないよ」

俺は愛菜の頭を撫でた。手を頭頂部から横に滑らせ、耳や頬も撫でる。

「本当に理由なんかないんだ。何もない。愛菜とセックスしたいかと問われれば、答えは当然ながら『イエス』だ」

「そうなの？」

「もちろん。迷わずに即答するぞ。当たり前だろ。愛菜は女子の中でも屈指の可愛さだからな。性格だっていい。誰だってセックスしたいと思うものさ」

「だったら……！」

「タイミングが合わなかったんだよ」

「タイミング？」

俺は「そうだ」と頷いた。

「花梨との子作り以外は成り行きでヤッているんだ。事前に『明日はセックスしよう』などと決めているわけではない。それで思い返してほしいんだけど、これまでにセックスするような機会はあったか？」

「ううん、ないと思う」

「だろ？　特に最近は何かと忙しかったからな」

「そっか、そうだよね」

「でもまぁ、そこまで望むなら、今日の夜にでもヤるか？　その気になれば都合をつけることはできるはずだ」

「夜はお疲れだから、明日以降がいいかも」

「いいよ、近いうちにヤろう。愛菜の処女は俺が奪ってやる」

「……うん、ありがと」

愛菜の頬が赤く染まる。恥ずかしそうにする彼女は、この上なく可愛かった。

「それはさておき……」

俺はペニスを眺めた。

「雑談したせいで射精が遠のいてしまったなぁ」

フル勃起だったペニスが、今ではすっかり萎れていた。

硬さも失われていて、ふにゃふにゃした軟弱者に成り下がっている。

「あ、ごめん」

「かまわないさ。その代わり、次は最後まで頼むぜ？」

「うん、今度はちゃんとイかせてあげる」

愛菜は両腕を俺の腰に回して抱きつき、そのままペニスを咥えた。

我が息子は正直者のようで、あっさり元気を取り戻していく。

これなら楽しめそうだ。

俺はニッコリ微笑み、愛菜の後頭部を右手で鷲掴みにする。

「受け身はおしまいだ」

「んぐっ!?」

今まではされるがままだったが、ここからは自ら動く。

愛菜の頭を乱暴に動かし、激しい刺激をペニスへ送った。

傍から見ると犯しているようにしか見えない。

もちろん合意の上で行っている。

その証拠に、愛菜はまるで嫌がる素振りを見せていなかった。喉の奥まで達しているペニスを、恍惚とした表情で受け入れている。

「んぐっ……んっ……」

愛菜の口から一筋の唾液が落ちる。口の端から顎を伝って、そのまま地面へ。ポタポタ、ポタポタ。

それでも彼女は、真っ直ぐに俺を見つめていた。

「エロイなぁ……愛菜は……」

されるがままの愛菜を眺めていると、征服感や支配欲が満たされていく。

遠のいていた射精ラインがすぐ傍に迫ってきた。

「口の中にぶっ放すからな？」

「ふぁ、ふぁい」

左手も加えて、両手で愛菜の頭を押さえる。

動かないようしっかり固定したら、今度は自分で腰を振る。

亀頭に刺激を集中させるべく、浅いところで小刻みに、激しく、何度も。

愛菜は口をすぼめて思いっきり吸い込む。

バキュームによる刺激がペニスを絶頂へ誘う。

そして、その時がやってきた。

「イクぞ、愛菜！」

小さく頷く愛菜。

「あ、あああ、イク、イクッ！」

次の瞬間、溜まりに溜まった精液が放出された。

我ながら「どれだけ溜まってんだ」と驚く程の量だ。

愛菜の口が風船のように膨らんでいく。

萎んだペニスを自らの手で扱いて、精液を完全に出し切る。

愛菜の口がさらに膨らんだ。

「ふぅ……気持ちよかった……」

ペニスを彼女の口から抜いたら、大きく息を吐きながら一歩下がる。

愛菜は俺を見つめたまま口を開けて、精液のプールを見せてくれた。

歴代ベスト三に入るであろう射精量で、俺は満足気に頷く。

それを確認すると、愛菜は精液を飲み込んだ。

洞窟内に、ゴクッ、と音が響く。

彼女が空になった口内を見せたことで終了だ。

俺達は並んで座り、休憩も兼ねて軽くイチャイチャする。

「俺だけ気持ちよくなっても悪いから、お礼に気持ちよくしてやるよ」

「え、でも、今回のはお詫びのご奉仕じゃ……」

「細かいことは気にするな。遠慮せずイッとけ」

ということで愛菜を二十回程イカせてから、鷲嶺洞窟を後にした。

【海の新発見】

鷲嶺洞窟を出た俺達は、適当に周辺を散策することにした。

一直線でアジトへ戻っても中途半端な時間が余るからだ。何かするには短すぎるし、何もしないでいるには長すぎて、誰かの手伝いをしようにも必要とされない——そんな時間を過ごすことになる。

「この辺をじっくり歩き回ったのは久々だが……」

「何か発見があった？」

そう尋ねる愛菜は、何食わぬ顔で手を繋いでいた。恋人繋ぎで体も密着している。

「色々と見つかったよ。主に調理に使えるネタが多いかな」

俺は近くの植物を指し、「例えばあれは」と解説しようとする。

だが、その口を愛菜の人差し指が塞いだ。

「ストップ！　それ以上は言わないでいいよ」

「興味なかったか」

「そうじゃなくて、料理に使える植物の話をするんでしょ？　流れ的にさ」

「おう」

「だったら話の途中で絵里の名前が出るでしょ？」

「だな」

「だからストップ。今はあたしと二人きりなんだし、あたし以外の女子の名前は出さないでほしい」

愛菜は恥ずかしそうに顔を赤くして、「いいでしょ？」と俺を見る。

「そりゃかまわないけど、なんだか恋人みたいだな」

「そういう気持ちを味わいたいから言ってるのよ、鈍感」

俺は「なるほど」と笑った。

「いつもエッチなことばっかりだけどさ、たまにはこういう健全な恋人っぽいこともいいと思わない？」

「つい数分前までまさしくエッチなことをしまくっていたのに言うセリフか？」

愛菜はますます顔を赤くして「うるさいなぁ！」と吠えた。

「だがまぁ手を繋いでのんびり歩くのは悪くない。それにもうじき海が見えてくるはずだ」

「海？」

「ああ。当然ながら島の周囲は海だからな。真っ直ぐ進み続ければ海に着く」

鷲嶺洞窟から海まではそう遠くない。天音に案内してもらったことがあった。今歩いている森を抜けると到着だ。

「そりゃ海があるのは分かるよ。海に寄って何をするの？」

「ただ寄るだけだよ。それに何か発見できるかもしれない。場合によっては改めて来る可能性もある。そうなったらオマケでセックスだってできるかもしれないぜ？」

ここで愛菜が「名案だね、火影は天才だよ」と喜ぶ――はずだった。

しかし現実は違っていて、彼女はぷくっと頬を膨らませた。

さらに繋いでいた手を解き、腕を軽くつねってくる。

どうやら怒らせてしまったようだ。

「あたしとのエッチがオマケってどういうことよ」

「えっ、いや、そんなつもりじゃ……」

「たしかに言ったよ、オマケって」

愛菜が何に怒っているのか理解した。

明らかに俺の失態だ。浮かれて調子に乗ったのが裏目に出た。

心の中で「やっちまった」と大慌て。おそらく顔にもそう書いているだろう。

「ほ、ほら、言葉の綾ってやつだよ」

「ほんとかなぁ？」

「本当だって。分かるだろ？」

「んー、じゃあ、今回は許してあげよう」

「ありがとな」

ホッと安堵の息を吐く。

(やれやれ、女って奴は細かい所にうるさいぜ)

もちろん思っていても口には出さない。

そんなこんなで海に到着した。

波の音が響くだけの静かな空間で、その場にいるだけで癒やされる。

「何か発見あった？」

「今のところは何もないなぁ」

アジトの周辺にある海辺と何ら変わりない。

むしろ資源の乏しさが目立った。例えば俺達の生活で欠かせない貝殻が少ない。

俺達は砂浜の上に腰を下ろした。体育座りをして海を眺める。

「俺達はたまたま見つけた海蝕洞を拠点にしたわけだが、今にして思うと最高の場所に目を付けたと言えるな」

「広いもんね、アジト」

「加えて周囲の資源も豊富だ」

「でも動物は少ないよね？　島の北側に比べて」

「それが唯一の欠点だな。ただ、その欠点は克服が容易だ。現に牛やニワトリを捕獲して家畜化したからな」

「まぁね」

会話が終わり、静かな時間が流れた。互いの肩をコツコツぶつけながら、近づいてきたり離れたりを繰り返す波に目を向ける。遠くでは大量の海鳥が縦横無尽に空を駆け回り、好き放題に歌っていた。

「あっ、見て、火影」

愛菜が何かを発見したようだ。

彼女の視線を追って波打ち際に目を向けると、そこには大きなウミガメがいた。数は一匹で、先程まで海中の中にいたらしく甲羅が濡れていた。

ウミガメは悠然と陸に向かっている。のそのそ、のそのそと。俺達に気づいているかは定かではないが、俺達のいない方角を目指していた。

「あの子、卵を産むのかな？」

「どうだろうな」

「えー、何そのイエスでもノーでもない反応は！」

「おいおい、俺は動物博士じゃないんだぞ。分からないことだってある」

苦笑いしつつ、俺は続けた。

「ひとえにウミガメと言っても種類があるんだが、俺が知っているのは二種類だけだ。一方の産卵期は春で、もう一方は夏だ。だから、この時期に産卵するかは分からない」

「あのウミガメは火影の知っている種類とは違うの？」

「それも分からん」

立ち上がってウミガメに近づく。

距離を詰めても種類は分からないままだった。

「火影でも分からないことあるんだね」

「そりゃあな。特にウミガメみたいなサバイバルに活かせないタイプは尚更だ」

「へー、ウミガメってサバイバルに使えないんだ？」

「食用としては不適格だし、合鴨みたいに農作業で活かせるとかでもない。人を襲うなどの害があればまだしも、そういうのもないしな」

「なるほどね」

「だから、俺がウミガメについて言えるのは一つだけだ――そっとしておこう」

「うん、そうだね！　できれば撫でてあげたいけど……」

愛菜が「ダメ？」と許可を求めてくる。

「別にダメではないけど、望ましくないかも」

「毒でもあるの？」

「いや、ウミガメって基本的に絶滅危惧種だから」

ウミガメは一度の産卵で約一〇〇個の卵を産む。それらが孵化して順調に育つかどうかは環境に依るところが大きい。

この島のウミガメは分からないが、地球では大半が成長途中で命を落としている。目の前にいる個体のようなサイズまで生き抜く奴は少ないのだ。

「なので絶滅しないようにそっとしておくのが吉と俺は考えている」

「そういうことなら残念だけど触らないでおくよ」

俺達は砂の上にできた足跡を踏むようにして引き返す。

「いい休憩にはなったが、新たな発見には至らなかったな」

「だね。そろそろ帰ろっか」

俺は「おう」と同意し、愛菜と手を繋いで森に向かおうとする。

「――――！」

予想外の発見があったのは、まさにそんな時だった。

「待て、愛菜！」

「どうしたの？」

「あれを見ろ！」

俺達の場所より北に位置する海辺を指す。

「あっ！」

愛菜も気づいたようだ。

そこには複数人の生徒がいた。幸いにもこちらに気づいていない。

「零斗のチーム？　それとも笹崎？」

愛菜が不安な表情で俺を見る。

俺は何秒か連中を凝視してから首を振った。

「違う、どちらでもない。あいつら、天音が言っていた第三のグループだ！」

【残された女メンバー】

皇城白夜が死んだのは約三ヶ月前のこと。

あの時、大半のメンバーが皇城零斗か笹崎大輝のチームに入った。

そう、大半であって、全員ではない。

一〇人前後の生徒はどちらにも属さず、独自の徒党を組んでいた。

それが第三のチームだ。

第三のチームは特定のリーダーをもたない。ただ生きる為に協力しているだけの集団だ。

少人数だし脅威でもないので監視していなかった。

そいつらが今、俺達の視界に映っている。

彼らの活動場所は島の北西部。多少の遠出にはなるけれど、この辺りに出張ってきてもおかしくはない。

それでも、実際に目の当たりにすると緊張感が高まった。

連中が気づく前に、俺と愛菜は近くの森へ隠れた。身を伏せて様子を窺う。

（多いな……）

連中の数は想定以上だった。ちょうど一〇人かと思っていたが、それよりも四・五人多い。

笹崎チームと同程度の数だ。

揃いも揃ってガリガリに痩せている。皇城チームより酷い。骨に皮を張り付けただけのようだ。まともにメシを食えていないのだろう。

（数は多いが、見たところ……）

気になることがあった。

そのことを考えていると、愛菜が服を引っ張ってきた。

「ねぇ、火影、あいつら何をしようとしているの？」

「漁をする……風には見えないな」

連中は海にイカダを置き、それに搭乗していく。

このイカダ、遠目からでもヤバいと分かった。

明らかにクオリティが低い。低すぎる。

伐採した竹を紐で連結させただけの代物だが、竹のサイズすら統一されていない。紐も強度の低い粗悪な物を使っていそうだ。今すぐバラバラになってもおかしくない雰囲気が漂っていた。

「あいつらが何をするかより――」

俺は周囲を見渡す。

「女の姿が見えないぞ」

「あ、ほんとだ」

「天音の報告だと一・二名、女が含まれていたはずだ」

どれだけ目を凝らしても女子はいない。

「数が多いのと関係しているのかな？　例えばあそこにいるのは全員じゃないとか」

愛菜の意見を「ありえない」と一蹴する。

「どれだけ多く見積もっても、あのチームには二〇人いるかどうかだ。まずありえないレベルの条件ですらな。だから、もし人数を分けているのなら、視界に映っている人間の数はもっと少ないはずだ」

「じゃあ、あそこにいるのが全員ってことね」

「その点は間違いないだろう」

「だったら女子がいないのはどうして？　死んじゃった？」

俺は「うーん」と考え込む。

連中の様子を見る限り、あのイカダで渡航に挑むつもりだ。いや、渡航とは違うか。ただ単にこの島から脱出したいだけだろう。

そう考えると、女子は死んだのではなく――――。

「捨ててきたのだと思う」

「捨ててきた!?」

おそらくな、と連中を見たまま答える。

「あれだけの数が生き残っているのに、女子だけそう都合よく死ぬとは考えづらい」

「捨てるって、具体的にはどういうこと？　追放って意味？」

「まぁそうだな。零斗か笹崎のチームに送ったか、もしくは……」

「もしくは？」

「いや、何でも。なんにせよ女子とは別れたんだ」

「捨てるってことは、足手まといになったってことだよね？」

「そうだな」

「その割には数が多くない？　捨てられた子はよっぽど酷かったのかな？」

「どうだろうな。ひとえに足手まといと言っても色々な意味があるからな」

「色々な意味って？」

「能力面で問題なくても、異性がいるというだけで不要なトラブルが生まれかねない。俺達のチームでも田中がそうだった。絵里に振られて気まずくなっただろ？」

「うん」

「そんな感じでさ、色恋沙汰でトラブルが起きたか、もしくはそういうトラブルに発展しそうだから先手を打って捨てたのかもしれない」

「そっかぁ」

「ま、その辺は大した問題じゃないさ。数が想定より多いのだって、零斗や笹崎のチームを抜けた奴が加わったと考えれば説明がつく」

俺は眉間に皺を寄せて、こう続けた。

「ただ、女子が一人もいないのは気になる」

「そんなに不思議なこと？　零斗か笹崎のチームに送ったんじゃないの？　それか追放したん

でしょ？」

「そのどちらでもない可能性がある」

「と言うと？」

俺は頷き、一呼吸置いてから言った。

「殺した」

「殺した!?」

「俺の予想だとその可能性が高い」

「なんで!?　なんで殺すの!?」

「他のチームへ送ったり追放したりするのはリスクが高いんだ。零斗や笹崎にチームの居場所を知られかねない。あいつらはどういうわけか高い生存率を誇っているから、他所のチームからしたら是が非でも仲間に加えたいだろう」

「あー、たしかに」

「その点、始末すれば他所のチームに知られないで済む」

「だからって殺すかなぁ。そこまでする必要ある？」

「必要はないけど、連中が殺さなくても女子は自殺してるよ」

「ど、どういうこと？」

愛菜の声が震える。自殺というワードにゾッとしたようだ。

「嘆かわしいことだが、男子高生の性欲は半端ないんだ。普通なら理性の箍がきっちり働くような奴でも、骨と皮しかないレベルまでゲッソリする極限の状況ともなれば、死ぬ前に一発、と考えるのはおかしくない。無法地帯のこの世界なら尚更にな」

「そんな……！」

「ウチみたいに女子が過半数ならまだしも、連中はほぼ全員が男子で構成されている。女子なんざ腹の空かせた狼の前に置かれた餌みたいなもので、むしろ食われない方がおかしい」

愛菜は複雑な表情をしている。納得しきれないようだ。

「俺達だって一度は考えたことがあるだろ」

「最後に強姦しようって？」

「違う。最後に好き勝手して悔いが残らないようにしようってことだ。強姦に限った話じゃない。貯金を全て突っ込んで宝くじを買うとか、好きな人に告白するとか、むかつく奴をぶん殴るだとか、なんだっていいんだ。どうせ死ぬなら最後くらい……って妄想を何かしらしたことがあるだろ？」

「あるね」

「連中はまさにその最後に直面したんだ。あいつらだってあの貧相なイカダで海を渡れるとは思っていないだろう。十中八九死ぬと分かっていて腹を括っている。そうなると悔いが残らないように何かしたくなるものだ。しかし、今の環境でできることは限られている。連中の場合、やれることなんざ性欲の発散くらいだ」

愛菜は理解した。顔を絶望の色に染めて、口を開いたまま固まっている。

「だから俺は集団レイプがあったと考えている。もしも女子がチームに含まれていたのなら、そうなっていない方が不思議なくらいだ。最後の晩餐をしないで死地に向かう奴なんていないよ」

「で、でも、それはチームに女子がいた場合だよね？　もっと前に脱退していたり、死んでいたりしたら、そういうことにはならないよね？　その可能性もあるでしょ？」

「もちろんさ。だから確認しに行こう」

「確認なんてできるの？」

「連中に訊くのが手っ取り早いけど、声はかけたくないよな」

「うん、怖いからやだ」

「だったら連中の姿が消えてから探ってみよう。砂浜に付いた跡を辿っていけば何かしらの手がかりが見つかるはずだ」

「分かった」

こうして話している間にもイカダが島から離れていく。手とオールを駆使して必死に大海原へ繰り出すその姿は、不気味でありながらもたくましかった。

「もう大丈夫だな、動こう」

俺達は森から飛び出し、先ほどまで第三のチームがいた場所に向かう。

案の定、砂浜にはくっきり跡が付いていた。

それに従って海とは反対側へ進み、森に入る。

「砂浜と違って森の中は何も分からないね。足跡とか消えているし」

「いや、そんなことないぞ――あっちだ」

「分かるの？」

「小枝や草の踏まれ方で分かる」

「凄っ」

アメリカの特殊部隊が使う技術で情報を収集していく。天音には劣るが、俺だって森の中で足跡を辿るくらいのことはできる。

連中は気配を消そうとしていなかったので、見間違うことはなかった。

「むっ」

森の奥へ進むことしばらくして、足跡が移動から停滞に変わった。

少し開けた場所だ。何かしらの作業をしていた模様。

「ここでイカダを作ったようだな」

俺は地面に触れながら更なる情報を集める。

「古い足跡も散見される。おそらくこの場所をベースに日頃から活動を――」

「火影！」

突然、愛菜が声を上げた。

「どうし――あっ」

顔を上げて、俺も気づいた。

「そんな……嘘っ……そんな……」

愛菜が膝から崩れ落ちる。大量の涙をこぼしながら。

「これは……思ったよりも酷いな……」

俺達の視界に映っているのは、顔が青く変色した一人の女子。

全身が精液にまみれており、制服の胸部には乱暴に引きちぎられた痕。

学生鞄の紐で木に首を吊っている。

案の定、彼女は最後の晩餐として連中に犯され、その絶望から自殺していた。

【死体の処理】

首吊り死体は見た目が凄まじいことになっている、というのはドラマから小説まで見かける定番の設定だ。糞尿がだらだら漏れているだとか、目玉が飛び出しているだとか、想像するだけでも顔を歪めたくなるような描写が多い。

そういったものに比べると、俺達の目に映る首吊り死体は綺麗だった。顔の色を除けば、舌を出して涎を垂らしているくらいしか変化は起きていない。おそらく死んでから大して時間が経っていないのだろう。

それでも死体は死体なわけで、しかも強姦されたことが明らかな状態だから、思わず目を背けたくなる。

「このままにしておくわけにもいかないし、埋葬してやるか」

「うん……そうだね……」

「じゃ、作業を始める前に……」

精液にまみれた死体の制服と、足下に置いてあった学生鞄を漁る。

彼女の物と思しき生徒手帳を手に入れた。

中を開いて確認すると、案の定、彼女の物だった。

「二年か、そら知らないわけだ」

生徒手帳には顔写真が載っている。

写真の彼女は、目の前の死体とは別人のようだった。死体に比べてふっくらしており、屈託のない笑みを浮かべている。写真が苦手なのか、笑顔には恥じらいが感じられた。

（きついな……）

愛菜がいるので平静を装っているが、実はかなり苦しかった。人間の死体というだけで辛いのに、それが強姦の果てに自殺した女子となれば尚更だ。強烈な不快感や怒り、吐き気がこみ上げてくる。

「こんなのってあんまりだよ……」

愛菜は涙を流しながら呟く。

その声が届いたとは思えないが、続々と猿軍団が集結した。あっという間に周囲の木々が猿で埋め尽くされる。大将のリータをはじめ全ての猿が心配そうに見つめていた。

俺は心の中で「助かった」と安堵の息を吐いた。ここで猿が来てくれたのは大きい。

「おい、穴を掘りたいから手伝ってくれ」

猿軍団に話しかける。

しかし、連中は微動だにしなかった。愛菜を介していないからだ。

彼女が命令しない限り、こいつらが俺の指示に従うことはない。

「愛菜、リータ達に命令してくれ」

「…………」

愛菜は死体を見つめたまま涙を流して立ち尽くしている。それだけショックだったのだろう。気持ちは分かる。

(この様子だと何を言っても届かないだろうな、今は)

とはいえ一人で穴を掘るは大変だ。厳しすぎる。シャベルがあればどうにかなるが、残念ながらこの場にはなかった。即席で作ろうにも適した材料が見当たらない。

埋葬するのであれば、素手か適当な石で掘ることになる。

「なぁ頼むよ、穴を掘るから手伝ってくれよ」

再三にわたって猿軍団に言う。

しかし、リータ達は聞く耳を持たない。

こちらを一瞥して、再び愛菜を見つめる。その繰り返しだ。

「手伝ってくれないなら消えてくれよ。この状況で傍観者は苛つくだけだ」

愛菜ほどではないにしても、俺だって暗い気持ちになっている。

いつかこういう場面に直面するだろうと覚悟していたが、それでも実際に目撃すると強烈なショックを受けた。ネットの画像で見たり想像したりするのと生で目の当たりにするのでは、体を突き抜ける衝撃がまるで違う。

「どうなんだよ？　手伝うのか？　手伝わないのか？」

「ウキィ……」

リータは困惑したように俺と愛菜を交互に見る。

それから、何度か愛菜に向かって鳴いた。

愛菜は銅像のように固まって反応しない。

少し考え込んだ後、リータは俺の前に飛び降りた。

それに他の猿が続く。

「手伝ってくれるのか」

「ウキ！」

頷くリータ。

俺は「ありがとう」と言って指示を出す。

「そこの死体を埋める為の穴を掘る。全員でだ。やるぞ！」

「「ウキィ！」」

一斉に動き出す猿軍団。股を開いて腰を屈め、両手で股の後ろに土を払い飛ばしていく。盛大に土煙を上げながらも、サクサクと穴が掘られていった。

相変わらずの見事な連携だ。

その間に、俺は死体を地面に寝かせた。薄らと開いている瞼を手で閉じる。顔は既に冷たくなっていた。

初めて〈死〉を実感した瞬間だった。

「酷いよ……酷いよ……」

愛菜は死んだ女子の顔を眺めながら呟く。壊れたロボットのように、何度も何度も、繰り返し「酷いよ」と涙を流していた。

「気持ちは分かるが、俺達にしてやれることは埋葬くらいだ。さっさと埋めて帰ろう。大丈夫だとは思うが、ここに他所のチームが来るかもしれない」

俺は立ち上がり、愛菜の背中をさする。

すると、彼女の全身が大きくビクンッと震えた。

「ひぃ！」

前方に跳び、怯えた顔で俺を見る愛菜。

その顔は死体に匹敵するほど青ざめていた。

「だ、大丈夫か？　俺、何かまずいことをしたか？」

「ご、ごめん。そうじゃないの。火影は何もしてないよ。でも、ごめん、大丈夫じゃないかも。きつい……。今は触られたくない……誰にも……」

愛菜の顔色がますます悪くなっていく。今にも吐きそうだ。

「オエエエエ！」

実際、彼女は嘔吐してしまった。

死体にはかけまいと慌てて顔をそらし、付近の草むらにばら撒く。

「「ウキ!?」」

俺よりも猿軍団が驚いていた。穴掘りを中断し、慌てて愛菜を囲む。

「大丈夫……大丈夫だから……続けて……」

愛菜は顔を真っ青にしたまま、ふらふらと離れていく。

「ちょっと休憩……させてほしいかも……」

「そうしてくれ」

「ありがとう……ごめんね……」

俺と猿軍団は黙々と穴を掘っていく。

「このくらいでいいだろう」

動物に掘り返されないよう、少し深めの穴をこしらえた。

ふぅ、と息を吐きながら、自分の判断を悔いる。

死体の確認は俺だけでするべきだった。愛菜には口頭で「やっぱり自殺していた。酷い有様だったよ」と言うだけでよかった。それで済んでいた。

他のメンバーでも愛菜と大差ない反応を示していただろう。特殊な訓練を積んでいる天音は分からないが、凄惨な首吊り死体を見れば誰だって卒倒しそうになる。そんなことは容易に分かることだ。それなのに考えが及んでいなかった。

悔やみきれない失態だが、これ以上の反省はまた後にしよう。

今は速やかにこの場から離れることが先決だ。

「すまんな、これは大事に使わせてもらうよ」

女子の使っていた学生鞄を手に取り、その場を後にした。

◇

俺達は真っ直ぐアジトに向かった。猿軍団は少し距離を置きながらついてきている。

道中は無言が続いた。愛菜は心ここにあらずといった様子だし、俺は自分からペラペラ話すタイプではない。

だが、このままアジトに戻るのはよくない――――そんな気がした。何かしらの会話をするべきだ。

そうは思うが、口が開かない。

何を話せばいいのだろうか。「人生初のセックスを目前に辛い経験をしましたなぁ！　ガハハ！」などとは言えないだろう。それは流石に空気を読めていない。田中でも発言を躊躇するレベルだ。

悩みに悩んだ末、俺は口を開いた。

「しばらくの間、作業を休んだらどうだ？」

「…………」

愛菜は立ち止まり、俯いた。

そのまま少し固まった後、彼女は首を横に振った。

「ううん、大丈夫だよ」

「ならいいけど」

会話はそれで終わり、沈黙が再来する。これでは何も話していないのと同じだ。

しかし気の利いた言葉は何も浮かばない。自分のことが情けなかった。

こういう時、自分が陰キャであることを痛感する。

俺みたいな陰の道を歩んできた者は適切な対処法を心得ていない。相手の抱いている感情は分かるのに、相手がかけられて喜びそうな言葉が分からないのだ。

「火影、あのね」

今度は愛菜が話しかけてきた。

「エッチの件、やっぱり保留でもいいかな？」

「近いうちにセックスするって話か？」

うん、と頷く愛菜。

「しばらくの間、そういう気になれないかも」

「仕方ないよ」

気持ちは分からなくもない。というより、それが普通だろう。

我がペニスでさえ元気を失っている。何食わぬ顔でエロいことを想像してみたが、驚異的なまでに無反応だった。勃起不全にでも陥ったかのようにピクリともしない。

世界最強の性欲を誇る男子高生ですらこの有様なのだ。女は男よりも性欲のピークが遅いというし、愛菜はもっと酷い状態だろう。トラウマになって二度と性欲が湧かない……なんてことも十分にあり得る。

「セックスだけじゃない。他の気持ちいいことだって、気が乗らないならしなくていいんだ。愛菜が元気になって、そういう気分になったら誘ってくれ。今は俺の息子も元気がないけど、その時までにはしっかり回復させておくからさ」

可能な限り軽い調子を演出する。

その甲斐あって、愛菜は微かに笑った。

「ありがとう、ごめんね」

「謝る必要なんかないだろ」

むしろ俺のほうこそごめん――本当はそう言いたかったが、あえて言わないでおく。再び空気が重くなっては困るから。

ほんの少しだが愛菜に元気が戻ったので、この機を逃すまいと話題を変えた。

「そういえば俺達が返した合鴨達、他の群れに混ざってたじゃん？　あいつら上手いことやっていけると思う？」

「どうだろう？　見た感じ溶け込んでいるようだったけど」

「俺達が消えた後で喧嘩しているかもしれないぜ？」

「えー！　というか合鴨って喧嘩するの？」

「そりゃするだろ、動物だし」

「どんな風に喧嘩するんだろ？　怒鳴り合うのかな？」

「もしくは翼で殴り合うんじゃないか？」

「それって何か可愛いかも。見てみたいなぁ」

その後はポツポツと話すようになった。明日は何をしよう、亜里砂は何の魚を釣ってくるかな、等々……合鴨の話が終わっても会話は止まらない。

そこはかとなく互いに無理をしている感じではあったが、それでも話し続けた。話している間は余計なことを考えなくて済む。

自覚はないけど、そうやって気を紛らわしたかったのだろう。愛菜も、俺も。

しばらくするとアジトが見えてきた。

「おかえりでマッスル！」

木の伐採を終えて戻る途中のマッスル高橋が素敵な笑みを向けてくる。

「ああ、ただいま」

俺達は力の無い笑みを返した。

【状況説明】

最初、自殺した女子のことは伏せておくつもりでいた。

勝手に気づきそうな天音にだけこっそり話す程度に留めておこう、と。

だが、そういうわけにもいかなかった。

愛菜の様子がいつもと違うからだ。アジトに戻った途端、無理に作っていた明るさが消えてしまった。浮かない顔つき、震える手……一目で何かあったと分かる。俺が持ち帰った女子の鞄も目を引いた。

そうなると、当然ながら「どうしたの？」「何かあったの？」と訊かれてしまう。

仲間に嘘をつくのはよろしくないと考え、夕食後、素直にありのままを話した。

第三のチームがイカダで海を進んでいたこと。そのチームに所属していたであろう女子が輪姦に遭って自殺したこと。そして、死体を埋葬して鞄を持ち帰ったこと。

その全てを端折ることなく話した。

「マジ……」

顔を引きつらせる亜里砂。

他の連中にいたっては言葉を発することすらできなかった。

「俺達が知らないだけで、こういうことは他にも起きているのだろうな」

生徒と教師を合わせて一〇〇人以上が、命を落としているか消息を絶っている。

その全てが餓死や病死とは限らない。自殺や他殺も起きているはずだ。あえて考えていないようにしていたが、レイプされたショックで自殺したり、口封じに殺された女子がいてもおかしくなかった。

「愛菜、大丈夫？」

花梨は愛菜に声をかけ、彼女の背中をさする。

同性の花梨に触られても、愛菜は体をビクンッと震わせた。

「あ、ごめん」と慌てて手を離す花梨。

愛菜は、ううん、と首を振った。

「大丈夫だよ、もう平気だから」

言葉とは裏腹に愛菜の表情は暗い。それでもマシにはなっていた。

「ほんと酷い話だよなぁ、許せねぇよ」

男のような口調で怒りを露わにしたのは亜里砂だ。日本にいた頃、彼女はバイト先の先輩に犯されかけている。その過去が脳裏によぎり、尚のこと腹が立つのだろう。

「第三チームの人数が想定より多いことには驚いたな。海辺にはトラップも仕掛けていないし油断していた。不覚だ」

天音が悔しそうに呟いた。

「ところで篠宮殿、質問でござる」

田中が挙手した。

「どうした？」

「イカダで海を進んでいる連中でござるが、目的地はどこでござろうな？」

田中にしては目の付け所が良い。いつもなら花梨が訊いてくる場面だ。

皆の視線が俺に集まった。

「たしかにそれは気になるな」

同意したのは天音だ。

さらに彼女はこう続けた。

「第三チームが進む先には何もないはずだ。以前、お嬢様にスマートフォンを借りて、超遠望モードのカメラで調べたことがある」

「ならどうしてイカダで海を渡ろうとしたのだろ？」と花梨。

これについては俺も同様の疑問を抱いた。

なので色々な可能性について考えたが、現実的な結論は一つしかなかった。

「スマホのカメラでは見えない場所に島を見つけたとか？」

詩織の言葉を、俺は「いや」と否定した。

「おそらく具体的な目的地はないのだろう」

それが俺の答えだ。

「なんと!?　どういうことでござるか？」

「とにかく離れたかったのだろう、この島から」

「それはおかしいでござらんか？」

田中が食い下がる。

「おかしいか？」

「だってこの島は快適でござるよ。そこらに食べ物があり、寝床だってあるでござる。それに比べて海は危険でござる。当てもないのに海へ飛び出すなんてこと、常識的に考えてありえない、おかしいでござるよ」

なるほどな、と理解を示す。それから「だが」と続けた。

「それは間違いだ」

「間違い？」

「快適に感じるのは俺達の文明が発達しているからだ。他の連中はその日を凌ぐだけで精一杯ということを忘れている」

「あっ……」

「その証拠に連中はいつ餓死してもおかしくないような顔をしていた」

「すると起死回生のフロンティアを求めたわけでござるか」

起死回生のフロンティアという最高にオタクくさい言い回しが気になった。最近はまともになっていたのに、隙あらばこういうネタをぶっ込んでくる。しかもこのタイミングで。

ただ言いたいことはなんとなく理解できるし、状況が状況なので突っ込まないでおいた。

「餓死するくらいなら奇跡に賭けてみよう、とでも思ったのだろう」

皆が「なるほど」と納得する。

「残念ながら現実的に考えてそんな奇跡は起きない。連中の未来は海で溺れて死ぬか命からがらこの島に戻ってくるかの二択だ。今後も警戒する必要はないだろう」

「念の為、第三チームを目撃した辺りは今までよりも警戒しておこう」と、天音。

「そうしてくれ」

話がまとまったので、話題が次に移る。

「改めて中の確認をさせてもらうとしよう」

持ち帰った女子の鞄を開けて、中に入っている物を一つずつ取り出す。森で調べた時は大雑把にしか確認していなかったので、ここで新たな発見があることを祈る。

「死んだ子の荷物を物色するって嫌な気になるね」

絵里が言った。

その場にいる全員が頷いた。もちろん俺も。

同意はするが、作業の手を止めることはない。

「他所のチームに比べたら快適だが、俺達だって生きるのに必死だからな。綺麗事だけでは生きていけないさ。使える物は使わせてもらわないとな」

ほどなくして鞄の中が空になった。

「これで全部のようだな」

目の前に並べた物を確認していく。

スマホ、筆記具、教科書、ノート、化粧道具、生理用品、生理痛を抑える薬……これといって目新しい物はない。

ただ、水泳ゴーグルとスクール水着が入っているのは大きかった。死体と共に埋めた生徒手帳にも書いていたが、彼女は水泳部に所属していたらしい。

「このスマホはどうなの？」

俺はスマホを手に取って花梨に尋ねた。

見た目は綺麗だが、新しい機種かどうかは分からない。

電子機器のことは彼女に訊くのが一番だ。

「去年のモデルだけど、ミドルスペックモデルだから太陽光充電には対応していないよ。電源は入らないいんじゃやない？」

「電源のつけ方が分からないから花梨に任せるよ」

花梨は受け取ったスマホを慣れた手つきで触り、数秒後、「やっぱりダメ」と床に置いた。

どうやらバッテリーが死んでいるようだ。

「このスマホも文鎮コースか」

生き残っている電子機器は三つしかない。花梨とソフィアのスマホ、それと吉岡田の電子書籍用タブレット。

「鞄はどうする？　心情的な理由で使いづらいなら解体(バラ)して別の物にしてもいいけど」

芽衣子が鞄に手を伸ばす。

「いや、他の鞄と同じように使おう。鞄を解体するのは勿体ないし、何より死者の物だからといって遠慮していられない」

「了解」

まずまずの収穫だ。学生鞄の予備が一つ増えただけでも十分にありがたい。

学生鞄は非常に優秀なのだ。頑丈で軽いので、様々な作業で使える。嵩張らないのであればあるだけ嬉しい。

「火影ってマジで現実主義だよなぁ」

「びっくりだよね」

亜里砂と絵里が話している。

「軽く引くくらいにリアリストだけど、おかげで私達は快適だね」と詩織。

その言葉に、俺以外の全員が小さく笑った。愛菜の口角も上がっている。

どんよりしていた空気が明るくなった。流石はカリスマ美容師だ。

「そんなわけで報告は以上だ。風呂に入るとしよう。今日の一番風呂は誰だ？」

「火影君だよ」と絵里。

「あ、俺だったか」

「ゆっくり浸かって疲れを癒やしてきてね」

「了解」

俺は立ち上がり、湖に向かって歩き出した。

【異世界生活一三〇日目の始まり】

女子の自殺は俺達に深い衝撃を与えたが、暗い気持ちで過ごしたのは発見した当日だけだ。翌日になると元気に作業していた。いつもと変わらぬ調子で、何事もなかったかのように。

別に無理をしているわけではない。

酷い言い方になるが、どうでもよかったのだ。死んだ女子のことをよく知らないから。俺を含む三年や陽奈子のような一年はもとより、ソフィアや影山といった二年の連中すら縁が無かった。名前すら知らなかった程に。

なので、彼女の死は完全な他人事だった。

テレビで知らない人の殺人事件に関する報道を観た時に似ている。その瞬間は悲しくなるものの、その気持ちを引きずることはない。寝て起きたら、いや、何なら次の報道に切り替わった頃にはケロッとしている。

ただ、愛菜だけは尾を引いていた。表向きは元気だが、どこかいつもの明るさが感じられない。彼女だけは無理をしていた。

仕方ないだろう。愛菜は実際に死体を見てしまったのだ。一目でレイプされたと分かる凄惨な首吊り死体を。心に受けたダメージが他とは比べものにならない。

愛菜の様子は気になるところだ。

しかし、俺達が愛菜にしてやれることは何もなかった。適当な言葉をかけてどうにかなる問題ではない。

時間の流れに任せるしかなかった。徐々に元気を取り戻していくだろう。愛菜自身も同じように考えていた。

他の人間からすると、気になるのは愛菜よりも俺だ。

花梨に言われたが、昨日の今日で平然としている俺のほうがおかしい。愛菜の状態はむしろ自然であり、普通なら俺も愛菜と同じようになるべきなのだ。

「誰よりも無理をしているのは火影じゃない？　自覚がないだけで」

花梨の言葉が脳裏によぎる。

そうなのかもしれないが、だからといって悲嘆に暮れている時間はない。

まだ見ぬ冬に備えて、俺は今日も働くのだった。

◇

十一月二十三日、土曜日――。

異世界生活一三〇日目となる今日は、気持ちのいい晴天に恵まれた。

今日は休みだが、皆いつも通りの時間に起きていた。

「影山君、遅れているよ！　急いで！」

「は、はいでやんす！」

「くっくっく、拙者とは練度が違――」

「田中君も口より手を動かして！」

「はいでござるぅ！」

絵里は今日も元気に朝食の支度をしている。助手である田中と影山の作業を確認しつつ、自らの作業もそつなくこなす。その姿は大人気店の料理長に相違なかった。

「お食事の時間まで余裕がありますので、お外の空気でも吸いに行きましょう」

「お供いたします、お嬢様！」

軽快な歩調で歩くフィアと、一定の距離を保って付き従う天音。

貫頭衣だけでは寒いようで、ソフィアはコートを羽織っていた。ウサギの毛皮で作ったコートだ。よく似合っている。

「お姉ちゃん、これって作れそうかな？」

陽奈子は教科書を芽衣子に見せて相談している。

芽衣子は「どれどれ」と覗くように見て、「うーん」と考え込む。

そのすぐ近くでは、愛菜、亜里砂、詩織、マッスル高橋がトランプに夢中だ。

「ぎゃー！　愛菜、あんたイカサマしたでしょ⁉」

「そんなのしなくても負けないよ。あたし、大富豪のプロだし」

「やっぱりスペ３返しとかいうゴミルールは無しにしよう！　決定！」

「はぁ？　スペ３返しがないなら大富豪じゃないじゃん！」

「なになに？　大富豪のプロじゃなくてスペ３返しのプロだっただけ？　たはー、それならそのルールありでもいいけどさぁ！」

「無くても強いし！　じゃあ今度は無しでやろうよ！　いいよ！　どうせあたしが勝つし！」

相変わらず大富豪になるとこの二人は熱くなる。

例の首吊り自殺を発見してから三日目ともなれば、愛菜も調子を取り戻していた。

「うーむ、空気力学的な観点から……」

吉岡田は自分の布団の上に座り、タブレット端末に向かってペラペラ、ペラペラ。新たな船を考えているのだろう。

次回の渡航挑戦は本気で勝ちに行く。その為には吉岡田の設計図が必要不可欠だった。

（さて、どうしたものかな）

俺は今日の予定や今後について考える。壁際に座り、和気藹々としている皆を眺めながら。

首吊り死体には驚かされたが、それを除けば基本的に順調だ。

先月の蝗害以降、大きな問題は起きていない。

他所のチームも問題ないだろう。零斗は自分のチームを安定させるのに必死だし、笹崎のチームはもはや死に体だ。

（あまりにも順調すぎるな……）

だからこそ、何か見落としがあるように思えてならない。備蓄は大丈夫か、田畑は問題ないか、そんなことばかり考える。どれだけ考えても問題点は浮かばないのに、気が晴れることはなかった。

「また険しい顔をしているね」

女子の誰かが指先で鼻を突いてきた。

「ああ、花梨か」

「何その言い方。他の子がよかった？」

花梨が俺の前で腰をかがめる。胸の谷間が見えていて、揉みたい衝動に駆られた。

ニタつきそうな顔を必死に堪えて、顔をぶんぶん振る。

「すまんすまん、ちょっと考え事をしていてな」

「結構なことだけど、考えすぎはよくないよ」

「そうだな。で、どうかしたのか？」

「うん、申し訳ないんだけど……」

「どうし――あぁ」

花梨の顔色が優れていないことに気づく。

「今日は中止か」

「うん、ごめん、少し早いけど来ちゃった」

中止するのは子作りで、来ちゃったのは生理。

そんなこともある。

「仕方ないさ」

「珍しく残念そうね」

「俺、残念そうな顔をしているか？」

「しているよ。火影って顔に出やすいから」

「これでもポーカーフェイスのつもりなんだがな」

花梨が、ないない、と笑った。

「ポーカーの大会に出ても二回戦で敗北しちゃうよ」

「一回戦は突破できるのかよ」

「相手が勝手に深読みして自滅するからね」

「なんだそりゃ」

花梨は「あはは」と笑い、俺の隣に腰を下ろした。

「アレ以降、誰ともヤッてないんでしょ？」

「まぁな」

アレというのは、例の首吊り自殺を指す。

つまり俺はこの三日間、淫らな行為に耽っていなかった。セックスは勿論のこと、他の気持ちいいことも一切していない。

「じゃあ、溜まってるんだ？」

「顔に出やすいようだから正直に言うと、そうだ、溜まってる」

今日の俺はムラムラしていた。

花梨の中に出すことを楽しみに土曜日を迎えたのだ。

昨日の夜はそのことを考えるだけで勃起していた。

今日の朝にしても同じことを考えて勃起していた。

もっと言えば花梨の顔を見ただけで勃起していた。

だから、彼女から中止のお知らせが出たのは辛い。

「そっかぁ、溜まってるのかぁ」

花梨は何やら考えた後、妖艶な笑みを浮かべた。

彼女の頭が俺の肩に乗せられる。

「じゃあ、手か口で抜いてあげようか？」

「おほっ、いいのか？」

花梨が「いいよ」と微笑んだ、その瞬間――。

「そこーっ！　人前でいちゃつくなし！　死ね！　ボケカスゥ！」

亜里砂から罵声が飛んできた。

「ごめんごめん」

花梨は苦笑いで謝ると、俺から拳一個分の間隔をあけて座り直した。

「ほんと困るねぇ！　飢えた花梨様はよぉ！　空気読めよなぁ!?　ここには他にも人がいるん

だからさぁ！　だろぉ？　おぉん？」

「土曜日だから、つい、ね」

「つい、じゃねぇ！　マナーは守ろうな？　な？」

花梨は唇を尖らせ、「はーい」とそっぽを向いた。

人前でイチャイチャすることは禁止されている。そういうルールを設けたわけではないが、それが暗黙の了解になっていた。

「で、どうする？」

花梨が耳元で「抜いてあげよっか？」と囁く。

それだけでペニスが勃起したけれど、俺は断ることにした。

「遠慮しておくよ。生理の時はゆっくりしてくれ」

「我慢しちゃうの？　それとも他の子におねだりするのかな？」

「さぁ、それはどうだろうな」

「ふーん」

残念そうな、それでいてどこか拗ねた様子の花梨。

不満そうにしつつも、彼女は食い下がることなく「了解」と答えた。

「朝ご飯の時間だよー」

絵里がパンパンパンと手を叩く。

皆が焚き火の傍に寄る。いつの間にかソフィアと天音も戻っていた。

田中と影山が全員に食器を配っていく。

今日の朝食は目玉焼きと魚の塩焼き、それに味噌汁と牛乳だ。

「火力はこんなものでいいかな？」

俺は薪を足して焚き火の勢いを調整する。

誰からも不満の声が上がらなかった。問題ないようだ。

「篠宮殿、どうぞでござるよ」

「お、すまんな、サンキュ」

最後に俺が朝食を受け取り、準備が整った。

手を合わせて――。

「「いただきまーす！」」

絵里の作った朝食を堪能する。

「今日も美味しいよ、絵里！　もうサイコー！」と亜里砂。

絵里は嬉しそうに「ありがとう」と微笑んだ。

「このお魚は亜里砂が釣ってきたやつだよ」

「私ってば美味い魚を釣るのが上手いなぁ！　がはは！」

そして亜里砂は、「ところでさぁ」と新たな話題を切り出す。

いつもの流れだ。話題は真面目なものから馬鹿げたものまで幅広い。

今日のテーマは「アメリカの大統領になったらしたいこと」だった。

小学生かよ、と思わず突っ込んだ。

それでも、話が始まると真面目に考えて語り合う。俺は「俺専用の無人島を買ってそこにホワイトハウスを設置する」と答え、皆から「無人島馬鹿」と笑われた。

その後も色々と話し、朝食の場が絶え間ない笑いに包まれる。

これから先には大変な苦難が待ち受けているが、この時の俺達には知る由もなかった——。

《つづく》

あとがき

絢乃です。

とてもありがたいことに、編集部より第五巻のＧＯサインを出していただけました。読者の皆様、いつも応援してくださりありがとうございます。感謝、感謝です。

第五巻書き下ろしエピソードは、「石集め」「陽奈子と採石場」「アルマジロ・ウォーカー①・②」「水車小屋の悲劇」「竹と筍」「芽衣子と篠宮洞窟」「映える料理」「皇城零斗」で、これらは全て「貝の下処理」と「渡航挑戦①」の間に収録されています。「渡航挑戦」の前後で雰囲気が大きく変わる為、その前に固めてみました。

この巻は「渡航挑戦①・②」が一番の見せ場になっています。生活基盤を固めた火影達が満を持して海の向こうにある島を目指す回で、大まかな内容に関しては登場人物よりも先に考えていました。

ただ、「渡航挑戦②」については数種類の展開を想定していて、その内のどれを採用するかを決めたのはウェブ連載が始まってから……たしか「白レグの捕獲」を書いた頃だったと思います。

他に想定していた展開としては、渡航に成功して火影らが海の向こうの島に辿り着くというものがあって、連載開始時点だと最有力候補、いや、候補どころか本決まりと言っても過言ではない状況でした。その為、当初はボツになった渡航成功パターンで話を進めようとしていました。

このパターンが不採用になったのは、絢乃の実力不足に依るところが大きいです。仮に採用していても物語の結末自体は変わらず、そこへ至るまでの話が非常に長くなっていたのですが、当時は長くなった分を上手に書き切る自信がありませんでした。

そういう理由で「渡航挑戦②」は今の展開になったのですが、結果的にはこれでよかったと思っています。物語にメリハリがついたことで、作品全体の完成度が高くなりました。

それでは最後に、謝辞を述べさせていただきます。

エチエチで可愛いイラストを描いてくださった乾　和音先生、コミカライズ担当の西尾洋一先生、第五巻を刊行してくださった一二三書房様、盤石の安定感で絢乃をサポートしてくださっている担当編集のS様、その他、ご支援頂いた全ての方に対し、心よりお礼申し上げます。ありがとうございました。

そして読者の皆様、ここまでお読みいただきありがとうございます。

ゆるサバ本編は次巻で完結する予定です。お楽しみに！

今後も異世界ゆるっとサバイバル生活をよろしくお願いいたします。

絢乃

異世界ゆるっとサバイバル生活5

～学校の皆と異世界の無人島に転移したけど俺だけ楽勝です～

2023年3月24日　初版第一刷発行

著　者　　絢乃

発行人　　山崎　篤

発行・発売　株式会社一二三書房
〒101-0003 東京都千代田区一ツ橋2-4-3
光文恒産ビル
03-3265-1881

印刷所　　中央精版印刷株式会社

■作品の感想、ファンレターをお待ちしております。

■本書の不良・交換については、メールにてご連絡ください。
株式会社一二三書房　カスタマー担当
メールアドレス：support@hifumi.co.jp

■本書は小説投稿サイト「ノクターンノベルズ - 小説家になろう」(https://noc.syosetu.com/) に掲載された作品を加筆修正し書籍化したものです。

ISBN 978-4-89199-844-8 C0193